Wir sind alle anders, aber jeder ist normal auf seine Art und Weise!

Jutta Göttfried

Wir sind alle anders, aber jeder ist normal auf seine Art und Weise!

Bibliografische Information der Deutschen Bibliothek:
Die Deutsche Bibliothek verzeichnet diese Publikation in der Deutschen
Nationalbibliografie; detaillierte Daten sind im Internet über
<http://dnb.ddb.de> abrufbar.

© 2005 Jutta Göttfried
Herstellung und Verlag: Books on Demand GmbH, Norderstedt
ISBN 3-8334-2894-5

Inhalt

An diesem Buch wurde vom Jahr 2003 bis zum Jahr 2004 von Frau Jutta Göttfried geschrieben.

Vorwort: Übers Anderssein, Andersmachen und Veränderungen!

Liebe Leser und Leserinnen, jeder Mensch auf der Welt ist anders. Keinen Menschen gibt es zweimal, daher ist auch jeder Mensch einmalig. Und jeder Mensch macht eben daher die gleiche Sache oder die gleiche Arbeit anders. Aber nicht nur die Menschen sind anders, sondern auch die Zeiten werden anders. Das heißt, daß sich die Welt in raschem Tempo verändert, und das immer wieder. In unserem Computerzeitalter verändert sich die Welt so schnell, dass viele dieser Zeit hinterherhinken. Vor allem die älteren oder alten Leute kommen oft mit den Zeiten nicht mehr so mit, so hört man es oft. Und oft hört man auch den Satz: "Früher war es ganz anders." Viele dieser Menschen sehnen sich nach früher zurück. Für sie soll das Rad der Zeit stillstehen. Aber ehrlich gesagt, wo wären wir denn heute, wenn sich die Welt niemals verändert hätte? Dann würden wir noch in der Steinzeit beim Neandertaler sein. Dann würde unser Leben völlig anders aussehen. Obwohl wir wissen, dass jeder Mensch anders ist, ist es schwer, das ganz Andere zu akzeptieren. Dies geschieht schon, wenn uns andere Menschen aus anderen Ländern und Kulturen anders bekleidet auf der Straße begegnen. Aber es ändert sich nicht nur die Welt, sondern auch die Menschheit. Ja, es ändert sich sogar der oder die Einzelne; als Kind ist man anders, als wenn man ein Jugendlicher wird und wenn man als Jugendlicher erwachsen wird. Veränderungen haben auch mit den Stationen unseres Leben zu tun. Zum Beispiel: Ein Kind geht in die Schule, und wenn es zum Jugendlichen herangewachsen ist, tritt es ins Berufsleben ein.

Das ist mein Leben!

Mein Name ist Jutta Göttfried. Am 29. Mai 1964 wurde ich in Hausham, Landkreis Miesbach, in Oberbayern geboren.

Als ich zehn Monate alt war, zog meine Familie von Fischbachau, das sich ebenfalls im Landkreis Miesbach befindet, nach Haimhausen, das zum Landkreis Dachau gehört, weil mein Vater in einer Zimmerei Arbeit gefunden hatte. Mein Vater war von Beruf Zimmermann. In Haimhausen bin ich aufgewachsen und in die Schule gegangen, sogar in den Kindergarten bin ich gegangen, das war der Haimhauser Pfarrkindergarten, der sich neben der Haimhauser Volksschule befindet. Und weil ich sehr schlecht sprechen konnte, musste ich als Kleinkind zu einer Logopädin, die mir das Sprechen richtig beibrachte. Zu Hause übte meine ganze Familie mit mir: mein Vater, meine Mutter, mein Bruder und meine Schwester.

Mit sieben Jahren kam ich in die Schule, die ich neun Jahre besuchte. Vier Jahre Grund- und fünf Jahre Hauptschule. Mit 16 Jahren verließ ich die Schule.

Danach habe ich in München ein Jahr die Franz-Maria-Ludwig-Ferdinandschule in der Romanstraße besucht, wo ich in fünf Bereichen ein Berufsfindungsjahr machte. Die fünf Bereiche waren: Hauswirtschaft, Schneiderei, Frisör, Buchbinderei und Raumausstattung, aber fast überall außer Hauswirtschaft fehlte mir das manuelle Geschick, und auch die Feinmotorik ist bei mir zerstört. Das heißt, sie ist nicht so ausgeprägt, wie sie sein soll. Mein größter Wunsch war sowieso, damals ins Büro zu gehen, aber es kam anders, als ich geplant hatte.

Nachdem das Jahr in München vorbei, war besuchte ich eine staatliche hauswirtschaftliche Berufsgrundschule in Fürstenfeldbruck. Nachdem wieder ein Jahr herum war, war ich ein ganzes Jahr zu Hause. Das heißt, während dieser Zeit habe ich in Waldkraiburg eine Aufnahmeprüfung, die übers Arbeitsamt lief, gemacht, dann hieß es wieder warten. Am Arbeitsamt teilte man mir dann mit, dass ich die Aufnahmeprüfung nur halb geschafft hätte. Damals hieß es: "Noch mal eineinhalb oder zwei Jahre warten, noch mal Aufnahmeprüfung, noch mal ein Vierteljahr warten und dann drei Jahre Lehre." Damals hieß es für mich: "Noch immer keinen Beruf." Ich verzweifelte. Keine Arbeit, kein Geld, am liebsten hätte ich mich umgebracht, aber dazu fehlte mir der Mut.

Anfang März 1983 machte ich ein Praktikum in der Pfennigparade in der Computerabteilung, aber dafür war ich zu langsam.

Im September des gleichen Jahres kam ich in die Tagesbildungsstätte des Heilpädagogischen Centrum Augustinum, das sich in Oberschleißheim befindet und 1982 nach dem Vorbild einer Kopenhagner Volkshochschule gegründet wurde. Es ist eine Volkshochschule besonderer Art. Sie wird von Menschen mit geistiger und mehrfacher Behinderung im Erwachsenenalter besucht. Diese Leute werden von den Behindertenwerkstätten freigestellt. Ich hatte Glück. Obwohl ich nie zuvor in einer Werkstatt für Menschen mit Behinderung war und auch keine Sonderschule besucht habe, nahm man mich trotzdem in die Tagesbildungsstätte auf. Dort besuchte ich die Theatergruppe, Zeitungsgruppe und die Alltagstrainingsgruppe und die Wohngruppe. Es gab auch noch die Gartengruppe, wie sie damals noch hieß.

Für die Leute, die damals nicht nach dem Jahr in den Werkstätten für Menschen mit Behinderung arbeiten wollten, wurde ebenfalls eine Gruppe gegründet. Diese Gruppe besuchte ich, ließ aber dafür die Gartengruppe ausfallen. Ja, man hatte mir dazu sogar geraten. Denn immer wieder sagte ich: "In einer solchen Werkstatt werde ich nicht arbeiten!" 200 DM gab es damals als Monatslohn. DM, weil es den Euro damals noch nicht gab. Nein, man verdient viel zu wenig in solchen Werkstätten. Das ist auch heute noch meine Meinung. In der Gruppe, wo ich damals war, schrieb ich Bewerbungen, Lebensläufe und übte Vorstellungsgespräche. In dem Jahr, als ich die Tagesbildungsstätte besuchte, machten wir alle ein Praktikum, fast alle gingen in die Werkstätten.

Ich machte eine Woche in der Adolf-Kolping-Straße in einem Büro ein Praktikum, zuvor eine Woche in Neuperlach in einem Altenheim; obwohl man beide Male zufrieden mit mir war, bekam ich weder im Büro noch im Altenheim eine Stellung. Im Altenheim hieß es sogar, es sei keine Planstelle für mich frei. Also sozusagen: "Es gibt zur Zeit überhaupt keine Planstelle."

Das Jahr in der Tagesbildungsstätte des Heilpadägogischen Centrum Augustinum ging so schnell vorbei, wie es kam.

Am 1. Oktober 1984 fing ich im Studienheim Augustinum, Dachstraße 19, München-Pasing, im Speisesaal zu arbeiten an.
Endlich! Ja, endlich hatte ich Arbeit. Am 1. Oktober 2003 waren es schon 19 Jahre, dass ich da arbeitete.

Dafür bin ich sehr dankbar, es ist heutzutage schon ein Geschenk, überhaupt eine Arbeit zu haben, und eigentlich sollte es eine Selbstverständlichkeit sein.

Anfang Juni im Jahre 1993 wurde ich Mitglied in der Gesellschaft "Erwachsenenbildung und Behinderung e. V." (Deutschland), aber zur gleichen Zeit wurde ich auch Sprecherin der Mitglieder der Gesellschaft, die eine Behinderung hatten. Als ich in die Gesellschaft eintrat, hieß die Gesellschaft noch nicht "Erwachsenenbildung und Behinderung", sondern damals hieß sie noch "Zur Förderung der Erwachsenenbildung für Menschen mit geistiger Behinderung".

Ich bin zwar keine Behindertensprecherin mehr im Präsidium der Gesellschaft, arbeite aber dafür in der der gleichen Gesellschaft in einem anderem Gremium mit, nämlich im Redaktionsausschuss der Zeitschrift "Erwachsenenbildung und Behinderung".

Seit April 2002 bin ich in bei der Münchner People-First-Gruppe, die in der Tagesbildungsstätte des Heilpädagogischen Centrum Augustinum in Oberschleißheim gegründet wurde; ich bin Gründungsmitglied und bin dort auch Schriftführerin.

People First kommt aus dem Englischen und heißt auf deutsch: "Mensch zuerst", das heißt, zuerst kommt der Mensch und dann seine "Behinderung".

Der Mensch steht im Vordergrund und nicht die Behinderung. Die Behinderung ist nicht das Entscheidende.

Selbstverständlich habe ich, wie jeder andere Mensch auch, Hobbys und Träume. Einer dieser Träume ist, dass ich Schriftstellerin werden will, das soll ich mein zweites berufliches Standbein werden. Nun aber zu meinen Hobbys.

Meine Hobbys sind:

lesen, dichten, Silben- und Kreuzworträtsel machen, tanzen, Rad fahren, schwimmen, spazieren gehen, Computer, auf der Schreibmaschine schreiben, fernsehen, Musik hören, dazu gehört die klassische sowie auch die volkstümliche und Volksmusik dazu, wandern, auch gerne ins Theater gehen sowie Opern und Operretten besuchen. Ab und zu gehe ich auch mal in ein Konzert. Und ich schaue mir auch gerne Fotos an. Manchmal tue ich auch nichts und lasse, als Entspannung, die Seele baumeln.

Jeder Mensch hat Wünsche. Sind wir Menschen auch verschieden, haben wir oft dieselben Wünsche und Träume, zum Beispiel den Wunsch nach Erfolg, Anerkennung, Gesundheit, Reichtum und langes Leben, und viele Menschen wünschen sich sogar auch Macht.

Wie oft sind wir enttäuscht, wenn es gerade anders kommt, weil ein Unfall, eine Krankheit, ja sogar eine Arbeitslosigkeit kommt.

Das Wort "Behinderung" heißt nichts anderes, als dass Hindernisse im Weg stehen. Das, was man tun möchte, daran wird man oft gehindert. Anerkennung ist für jeden Menschen wichtig! Besonders für die Menschen, die eine "geistige Behinderung" oder, wie man heute dazu sagt, "Lernschwierigkeiten" haben.

Für solche Menschen ist es doppelt so schwer, heutzutage überhaupt einen Arbeitsplatz, geschweige denn eine Lehrstelle zu finden. Oft genug bleiben für diese Menschen die "Behindertenwerkstätten" als Endstation.

Zwar wird schon etwas getan, dass Menschen mit Behinderung oder auch Lernschwierigkeiten einen Arbeitsplatz auf dem ersten Arbeitsmarkt bekommen, aber das ist zu wenig und nur ein Tropfen auf den heißen Stein. Zu wenig Menschen mit einer Behinderung oder auch einer Lernschwierigkeit bekommen eine Möglichkeit, auf dem ersten Arbeitsmarkt überhaupt zu arbeiten.

Weil sich viele Firmen überhaupt scheuen, solche Menschen einzustellen! Aber sehr oft auch ist es mit Vorurteilen verbunden wie: Die sind nicht leistungsfähig, langsam, ja sogar arbeitsscheu. Solche Vorurteile gegenüber Menschen mit Behinderungen oder auch Lernschwierigkeiten müssen abgebaut werden. Denn wer gegenüber diesen Menschen solche Vorurteile hat, baut eine Mauer um sich herum, die einstürzt, wenn man selbst durch einen Unfall, Krankheit oder auch durch einen Schlaganfall eine "Behinderung" bekommen kann. Und was ist, wenn andere einem selbst gegenüber solche Vorurteile haben?

Aber nicht nur Vorurteile gegenüber Menschen mit Behinderung oder Lernschwierigkeiten müssen abgebaut werden. Auch die Vorurteile gegenüber sozial Schwachen, Sozialhilfeempfängern und Arbeitslosen und den älteren Menschen auf dem Arbeitsmarkt müssen abgebaut werden.

Auch der tägliche Stellenabbau in unserem Land muss aufhören! Denn wer Arbeitsplätze abbaut, der handelt unsozial. Dass der tägliche Stellenabbau in unserem Land aufhört und auch Vorurteile abgebaut werden, gehört ebenfalls zu meinen Wünschen und Träumen, denn wer einen Arbeitsplatz abbaut, um noch mehr Gewinn zu machen, der handelt nicht nur unsozial, sondern auch unmenschlich, ja sogar unchristlich, und tritt die Menschenrechte mit Füßen.

Denn es sind letztendlich die Menschen, die den Gewinn einer Firma machen, und gute Arbeit soll auch gut bezahlt werden, so dass die Menschen davon auch wirklich leben können. Ich hoffe, dass der tägliche Stellenabbau in Deutschland bald ein Ende hat und dass ein paar meiner Wünsche und Träume Realität werden. Die Verantwortlichen, die aus Profitgier in Deutschland Arbeitsplätze abbauen, sollen hart bestraft werden. Denn ohne Arbeitsplätze keine Steuern und Sozialabgaben. Ohne Steuern und Sozialabgaben immer mehr Schulden. Immer mehr Schulden heißt immer noch höhere Steuern und Sozialabgaben für die noch arbeitende Bevölkerung, und das heißt wiederum weniger netto. Und weniger netto heißt, man kann sich auch weniger leisten. Und das heißt wiederum weniger Arbeit und Arbeitsplatzabbau.

So unterschiedlich wir Menschen auch sind, wir sitzen alle letztendlich im selben Boot: Politiker, Manager, alte Leute sowie junge Leute, Arbeitnehmer sowie Arbeitgeber, und wir können nur vorwärts kommen, wenn wir alle miteinander und nicht gegeneinander arbeiten. Dann kommt die Wirtschaft wieder in Schwung und dann geht es auch wieder wirtschaftlich aufwärts.

Wünsche und Träume sind oft miteinander verbunden, denn oft bleibt das, was man sich wünscht, nur ein Traum. Ich wünsche mir einiges, was sich nicht so leicht erfüllen lässt.

Meine Wünsche und auch Träume sind:

Schriftstellerin werden, eine eigene Wohnung, so viel verdienen, wie man für eine eigene Wohnung braucht, Führerschein machen, einen Freund, der mich versteht und der zu mir hält und auch umgekehrt, dass man mich ernst nimmt, und vielleicht einmal heiraten, wenn ich den richtigen Mann gefunden habe.

Wünsche und Träume kommen von unseren Vorstellungen. Das, was man sich vorstellt, wie das Leben aussehen soll, denn wer wünscht sich schon Niederlagen, Enttäuschungen und Krankheiten? Wünschen wir uns nicht alle Erfolg. Reichtum, langes Leben, Gesundheit und Glück? Aber auch die Niederlagen, Enttäuschungen und Krankheiten gehören zu unserem Leben, genau wie unsere Erfolge, und was ist denn eigentlich ein Erfolg? Sehen nicht die Erfolge für jeden Menschen anders aus? Nehmen wir den Arbeitslosen – für ihn ist doch schon ein Erfolg, wenn er Arbeit findet. Für den Kranken, wenn er gesund wird. Für den Heimatlosen, wenn er eine Heimat findet.

Erfolge, Wünsche und Träume sind für jeden Menschen anders, weil jeder Mensch auch anders ist.

Alle sind wir anders, keiner ist uns gleich, aber auch keiner!

Einer meiner größten Erfolge war bis jetzt, dass ich eben Arbeit gefunden habe. Ein weiterer Erfolg wäre, wenn die Verlage mein Geschriebenes annehmen würden. Erfolge fliegen einen nicht zu, man muss für sie hart arbeiten.
Und wie ist es mit den Wünschen? Oftmals, wenn wir Menschen mit Behinderung oder auch Lernschwierigkeiten den Menschen ohne Behinderung von unseren Wünschen und Träumen erzählen, werden wir belächelt, also nicht ernst genommen. Da heißt es dann zum Beispiel: "Was willst du denn mit einer eigenen Wohnung?" Oder es heißt: "Was willst du denn? Du bist nun mal behindert, finde dich endlich damit ab."

Aber haben nicht alle Menschen irgendwo eine Behinderung, die einen mehr und die anderen weniger? Wer von sich kann schon behaupten, das er hundertprozentig perfekt ist? Keiner!

Und wieder einmal frage ich: "Was ist denn perfekt überhaupt?" Jeder Mensch hat zu dem Wort "Perfektion" eine andere Meinung. Weil, wie ich schon erwähnte, jeder Mensch anders ist. Für die einen ist man schon perfekt, wenn man gut schreiben kann. Für andere, wenn man gut kochen kann. So unterschiedlich wir auch sein mögen, wir haben alle dieselben Wünsche und Träume, nur auf unsere Art und Weise, und das ist völlig "normal".

Wir sind also alle verschieden. Trotzdem schließen wir mit Menschen aus verschiedenen Ländern und Kulturen Freundschaften – warum auch nicht!

Aber warum sind wir denn alle verschieden? Warum sind denn Geschwister verschieden, wenn sie die gleichen Eltern haben?

Sind Geschwister denn nicht gleich erzogen, wachsen sie nicht in der gleichen Umgebung auf? Woran kann es denn liegen?

Es kann daran liegen, dass sie in verschiedenen Sternzeichen geboren werden. Ja, vielleicht beeinflussen ja die verschiedenen Jahreszeiten, Uhrzeiten und auch Orte unseren Charakter. Vielleicht hat es wirklich damit zu tun, wann wir geboren sind. Aber was ist dann mit eineiigen Zwillingen?

Eineiige Zwillinge, man hört es sehr oft, wenn diese Frauen sind, dass sie die gleiche Kleidung und Frisur tragen. Auch gibt es oft einen Rollentausch, die eine Zwillingsschwester schlüpft in die Rolle der anderen. Auch bei eineiigen Zwillingsbrüdern ist es manchmal so. Aber woran erkennt man denn trotzdem, dass es die und nicht die andere Zwillingsschwester ist oder dass es der und nicht der andere Zwillingsbruder ist? Äußerlich sehen sich diese Zwillinge gleich. Ist ja ganz klar, sind ja auch eineiige Zwillinge.

Aber wer sie ganz gut kennt, merkt sehr wohl einen Unterschied. Da hat einer der Zwillinge eine hellere Stimme oder eine Verletzung, was der andere Zwilling nicht hat.

Letztendlich sind alle Menschen anders und irgendwie gleichen wir uns wieder alle. Sei es, weil wir – oder viele – Angst vor der Zukunft haben, weil Arbeitsplätze abgebaut werden.

Die Menschen in Deutschland mögen zwar verschieden sein, aber viele haben die gleichen Fragen: Wie geht es denn jetzt weiter? Wenn ich meine Arbeit verliere? Krank werde? Und überhaupt?

Angst haben vor der Zukunft! Da nützt es dem einen oder der einen nicht viel, wenn jemand ihr oder ihm sogar Mut zuspricht und sagt: "Kopf hoch, es wird schon wieder", oder: "Es ist doch alles nicht so schlimm." Mögen die Menschen in Deutschland alle anders sein. Die sozial Schwachen, zum Beispiel Arbeitslose, Obdachlose, Menschen mit Behinderung oder Lernschwierigkeiten, all diese Menschen haben doch das gleiche Schicksal. Wenn sie auch verschieden sind, wirken sich auf viele die Reformen, die unsere Politiker und Politikerinnen beschlossen haben oder noch beschließen werden, gleich aus.
"Reformen", von der Praxisgebühr, Medikamentenzuzahlung, Agenda 2010 und noch viel mehr ist die Rede. Die Praxisgebühr gibt es schon seit Anfang des Jahres. Und wenn wir auch noch so schimpfen, da will ich mich nicht ausschließen mit dem Schimpfen, und wenn alle noch so schimpfen über Politiker und Politikerinnen, es nützt uns doch alles nichts, Reformen müssen sein. Und sicher sollte ein jeder in unserem Land dazu beitragen, dass es mit unserer gesamten Wirtschaft wieder aufwärts geht.

Vielleicht ist es ja auch richtig, unser Sozialsystem in Deutschland zu ändern, aber es darf nicht nur auf dem Rücken der sozial Schwachen, wie zum Beispiel der Rentner, Arbeitslosen, Menschen mit einer Behinderung ausgeübt werden.

Veränderungen machen den Menschen Angst. Vor allem, wenn man nicht weiß, was dann kommt.

Und wenn in der Politik immer etwas anderes gesagt wird, kennen sich die Menschen nicht mehr aus und bekommen Angst.

Es gibt also gute und schlechte Veränderungen. Unser Land hat immer wieder Veränderungen erlebt. Zum Beispiel nach dem Ersten Weltkrieg, als es plötzlich keinen Kaiser mehr gab, das war für die einen gut und für die anderen nicht so gut. Eine der schlimmsten Veränderungen unseres Landes war im Dritten Reich. Dort hieß es: "Anders sein nicht erlaubt."

Wer schon anders aussah, anders dachte, eine andere Nationalität hatte, wie zum Beispiel die Juden, der wurde kurzerhand einfach umgebracht. Gott sei Dank sind diese schlimmen Zeiten vorbei, aber man weiß ja nie, ob sie wiederkommen.

Wir hatten zwar im Jahre 2003 das Europäische Jahr für Menschen mit Behinderung, aber was nützt uns das denn, wenn es danach vergessen wird und sich für die Menschen mit Behinderung überhaupt nichts ändert? Was nützen uns denn da Gesetze, wenn die Wirklichkeit anders aussieht?

Freilich kann sich nicht alles auf einmal ändern. Aber immer Stück für Stück.

Zwar hat sich für uns Menschen mit Behinderung oder auch Lernschwierigkeiten schon einiges geändert durch die People-First-Gruppen in ganz Deutschland. People First heißt Mensch zuerst. Das heißt: "Der Mensch steht im Vordergrund und nicht die Behinderung." Es spielt keine Rolle, ob man gelähmt ist oder ob man nicht sehen kann. Man kann trotzdem seinen Mann beziehungsweise seine Frau stehen und das Leben meistern. Beethoven war taub, und er machte wunderbare Musik.

Aber das Denken in den Köpfen vieler Menschen unseres Landes muss sich ändern gegenüber Menschen, die eine Behinderung haben.

Wie oft hört man ältere und alte Menschen sagen: "Das hat es früher nicht gegeben", "Das war früher anders", oder sie sagen manchmal: "Früher gab es trotz mehrerer Kinder nicht so viele Behinderte."
Viele verwenden noch immer die Worte "behindert", "Behinderte" oder "Behinderter."
Aber ich denke, früher gab es genauso viele Menschen mit Behinderung, nur nahmen die nicht so am öffentlichen Leben teil, wie das heutzutage der Fall ist.
Und dann wurden viele im Dritten Reich vergast. Weil sie eben anders waren.
Und noch eine sehr traurige Nachricht war Tatsache: Sie wurden in den Augen vieler Bürger als unnützige Esser angesehen.

Wie traurig war es dort, als viele dieser Menschen aus der gewohnten Umgebung gerissen wurden. Auch für die vielen anderen Opfer, die umgebracht wurden und denen alles Vertraute genommen wurde, änderte sich von einem Tag auf den anderen alles.

Wenn sich im Leben von heute auf morgen plötzlich alles ändert, was geschieht dann mit uns? Sind wir dann noch die Gleichen?

Was geschieht, wenn uns ein schweres Schicksal ereilt, mit dem wir nicht gerechnet haben?

"Veränderungen, Veränderungen müssen her", sagen unsere Politiker!

Auch hört man oft, dass unsere Politiker über Veränderungen reden. Man hört es entweder im Radio oder Fernseher, oder man liest es in den Zeitungen, dass Politiker aller Parteien dem Volk erzählen: "Es wird besser", oder: "Wir haben jetzt leider gerade mal schlechte Zeiten."

Aber ich sage mir, es sind die Menschen, die die Zeiten bestimmen. Ändern wir unsere Taktik, also unser ganzes Wesen, ändern wir auch unsere Zeiten. Wenn es auf der Welt gute Menschen gibt, gibt es gute Zeiten. Und wenn es auf der Welt schlechte Menschen gibt, dann gibt es schlechte Zeiten. Unsere Politiker reden viel, mal wird dies und das geredet und es passiert eigentlich nur recht wenig, klar, dass der Frust (Ärger) des Volkes wächst.

Aber sind die Zeiten nicht schlecht, weil wir Menschen sie gerade schlecht reden? Ich erwähnte schon ein paar Seiten zuvor, dass Reformen bestimmt notwendig sind, aber sie dürfen nicht auf dem Rücken von den Ärmsten der Armen oder auch von den sozial Schwächsten alleine getragen werden. Sie muss auf alle gleich gerecht verteilt werden, indem zum Beispiel die Manager, die im Jahr Millionenbeträge abkassieren, nur noch die Hälfte oder ein Viertel ihrer Löhne beziehen.

Aber warum klagen unsere Politiker und Abgeordneten über den Bevölkerungsrückgang? Ich sehe es anders! Wenn wenig Menschen, oder besser gesagt: weniger Menschen, da sind, würden doch wieder alle eine Chance (Möglichkeit) bekommen. Die Obdachlosen eine Wohnung. Arbeitslose und Sozialhilfeempfänger eine Arbeit, von der man leben kann. Es würde zwar dann weniger eingezahlt, aber vielleicht würden dann auch weniger Menschen Sozialhilfe brauchen. Oder es bräuchte niemand mehr Sozialhilfe zu empfangen.

Alt werden, alt fühlen, alt sein. Viele werden schon zum alten Eisen gezählt, wenn sie erst 50 sind. Oder auch schon, wenn sie 49, 48 oder 47 sind. Älter werden ist schon bald verboten. Ehrlich gesagt, bekomme ich meine Zweifel – muss man sich entschuldigen, wenn man älter geworden ist? Oder sich sogar entschuldigen, wenn wir sogar sehr alt geworden sind?

Ich muss mich langsam fragen, wann ist denn älter werden oder sogar alt werden in unserem Land überhaupt verboten?

Und wann ist alt werden in unserem Land ebenfalls nicht mehr erlaubt?

Immer hört man nur oder liest man, dass alte und kranke Menschen Kosten verursachen. Ist denn in unserem Land nur noch das Gesundsein, Schönsein und Jungsein erlaubt?

Was ist denn, wenn ein Unfall kommt, sieht denn dann das Leben nicht ganz anders aus? Und was das Älterwerden bei uns betrifft, es stimmt schon, dass die Menschen bei uns in Deutschland älter oder sogar sehr alt werden, aber sie haben doch nicht das ewige Leben, das heißt, sie sterben doch auch eines Tages.

Andere Länder, andere Sitten

Auf der Welt gibt es ja nicht nur das Land Deutschland allein, es gibt noch viele andere Länder. In viele dieser Länder fahren wir in den Urlaub, dort begegnen wir unterschiedlichen Menschen. Menschen mit einer anderen Mentalität, viele von ihnen sind uns Deutschen gegenüber höflich, zuvorkommend und sogar gastfreundlich. Freilich gibt es auch die andere Seite, wie überall auf der Welt, aber warum sollten nicht Freundschaften von Menschen mit deutscher Herkunft und anderen Nationalitäten entstehen?

Viele haben ja schon Freundschaften mit Bürgern oder Menschen ihres Urlaubslandes geschlossen. Gehen wir doch auf das Anderssein zu und lernen, es zu verstehen, auch wenn es uns schwer fällt.

Natürlich ist es eine ganz andere Sache, wenn Menschen mit ihrem Anderssein, Andersdenken andere Menschen gefährden, wie es bei den Terroristen der Fall ist. Ich möchte mich bei den Terroristen nicht einmal auf die islamischen Fundamentalisten berufen! Denn es gibt auch christliche Terroristen, und jede Terroristengruppe glaubt, für eine gute Sache zu kämpfen; derweil ist diese eine Gruppe nicht anders als die andere, weil sie unschuldige Menschen töten, und dieser "Abschaum" bleibt sich gleich, egal ob es Christen oder Moslems tun. Aber auch die Hindus, Buddhisten und Juden sollten ebenfalls nicht unschuldige Menschen töten! Egal welche Religion man hat, das Töten unschuldiger Menschen bleibt sich gleich, egal ob man Moslem oder Christ ist oder einen anderen Glauben hat. Plötzlich ist also das Anderssein nicht mehr erlaubt?

Natürlich, anders sein ist immer erlaubt, aber es gibt einen Unterschied zwischen anders sein und anders sein und denken.

Wer denkt, er muss seinen Glauben, was immer er sein mag, ob Moslem, Christ oder ob er eine andere Religion hat, mit der Waffe und Gewalt verteidigen, bei dem ist das Anderssein und -denken gefährlich. Wer aber seinen Glauben auf friedliche Art und Weise ausübt, warum soll dieser Mensch also nicht anders sein dürfen? So darf der Moslem seinen Gott also Allah nennen, wenn er es in friedlicher Weise tut. Im Grunde glauben wir doch alle an den einen Gott, aber bei vielen Menschen hat dieser Gott eben einen anderen Namen. So heißt er eben bei den Moslems Allah. Bei uns Christen heißt er eben Jesus, Christus oder sogar Jesus Christus, oder er wird auch der Heiland genannt.

Ich glaube, die ganze Menschheit hat ein und denselben Gott, und da die Völker verschieden sind, hat dieser Gott auch verschiedene Namen. Jeder Christ, Moslem, Jude, Hindu, Buddhist – oder welche Religion sonst er auch immer hat – sollte den Andersgläubigen akzeptieren. Wenn das endlich geschieht, könnte Friede auf der Welt sein!

Und wieder frage ich mich: "Warum muss man dem anderen Gewalt antun, nur weil er anders denkt, in einer anderen Kultur lebt oder einen anderen Glauben hat?"
So verschieden wir Menschen auch sein mögen, wir leben alle in ein und derselben Welt. Zerstört sie also nicht, weil wir nur diese eine haben.

Anders sein verbindet auch!

Es gibt den Satz: "Unterschiede ziehen sich an." Was das auch immer heißen mag, ich würde ihn so begründen.

Wir Menschen suchen oft andere Menschen einer anderen Umgebung, lernen auch von anderen Menschen, tauschen uns aus.

Was fasziniert (begeistert) uns so? Wollen wir nur wissen, wie diese Menschen leben, wie ihre festlichen Rituale sind? Denn es gibt ja nicht nur Menschen mit verschiedenen Mentalitäten. Es gibt auch Menschen, die verschiedenen Rassen angehören. Es sind Indianer, Inder, Schwarze in Afrika, verschiedene Nomaden- und Beduinenvölker, Chinesen und Japaner, Aborigines und noch viele andere Rassen und Völker, die wir kennen lernen wollen, und wenn wir auch nicht zu ihnen hinfahren können, viele dieser anderen Rassen oder auch Völker lernen wir zum Teil über die Medien kennen, entweder durch den Fernseher, das Radio oder auch durch verschiedene Zeitschriften und Bücher. Menschen aus verschiedenen Herkunftsländern leben auch bei uns. Dort, wo ich arbeite, arbeiten auch Menschen aus anderen Ländern, wie Holland, Slowenien, aus Ex-Jugoslawien, aus Afghanistan und aus der Türkei und eine Frau aus der Tschechei. Also zwei meiner Kolleginnen (Mitarbeiterinnen) kommen aus den neuen EU-Ländern. Ich hatte sogar mal eine Kollegin aus Russland. Wenn man die Leute kennt, kennen lernen will sogar, merkt man, dass sie auf ihre Weise prima Menschen sind, egal welche Nationalität sie haben. Im Grunde gleichen sie uns doch alle. Denn sie haben die gleichen Sorgen und Ängste wie wir, und ich merke, so verschieden sind wir Menschen eigentlich gar nicht. Es trauern alle Menschen, aus allen Nationalitäten, Völkern, Rassen und Religionen, wenn sie jemanden verloren haben, oder besser gesagt: wenn bei ihnen jemand gestorben ist, feiern ihre Hochzeiten entweder in ihrer Tracht oder auch in Weiß, lieben sich, streiten sich, spielen sich gegenseitig aus. Und sie tun eigentlich nichts anderes als wir. Trotz ihrer Unterschiede.

Das Andere, vor allem das Fremde annehmen!

Aber was ist denn, wenn wir in unserem Land Menschen aus einer anderen Kultur begegnen, die anders gekleidet sind als wir? Was denken wir denn über sie? Vielleicht: "Warum passen, die sich nicht an?", oder: "Was wollen die hier?" Das ist doch eigentlich, was wir über die Menschen denken, wenn wir zum Beispiel eine türkische Frau mit Kopftuch sehen oder auch eine arabische Frau mit Schleier vor dem Gesicht. Ich glaube, wenn wir das andere annehmen, akzeptieren, wird es auf der Welt viel friedlicher zugehen, und vielleicht nehmen auch die Terroranschläge weltweit ab. Warum können die Menschen nicht friedlich miteinander auskommen? Streit gibt es doch überall mal, besonders unter Geschwistern, aber dann verträgt man sich wieder!

Dass aber verschiedene Menschenrassen zusammenleben können, zeigt sich in Amerika (USA). Da leben Indianer, Schwarze, Weiße und Inuit nebeneinander und vor allem miteinander. Sie alle haben ihre festlichen Rituale, Bräuche und Sitten. Sicher gibt es auch Konflikte unter den verschiedenen Rassen, aber muss man die mit Waffen lösen? Man kann sie doch friedlich lösen, zum Beispiel, wenn man sich gegenseitig einlädt, und man soll auch der Einladung folgen.

Wer einen Angehörigen oder auch einen Menschen einer anderen Rasse, einer anderen Kultur respektiert, der ist auf dem richtigen Weg der Menschenrechte und somit auch auf dem Weg der Völkerrechte, denn Menschenrechte sind Völkerrechte.

Völkerrechte, Menschenrechte – gibt es die überhaupt? Ich sage mir, überall dort, wo unschuldige Menschen gefoltert werden, weil aus ihrem Land Terroristen, Selbstmordattentäter kommen, überall dort, wo unschuldige Menschen gefoltert werden, haben Menschenrechte, ja sogar die Völkerrechte auf erbärmlichste Weise versagt.

Wenn amerikanische Soldaten im Irak unschuldige Menschen sowie Frauen, Kinder und alte Menschen foltern, glauben ihnen die Menschen freilich nicht, dass sie ihnen Freiheit, Frieden und Demokratie bringen wollen.

Aber auch das gehört zu den Menschenrechten, wenn in der Familie Töchter sein dürfen. Dass Kinder nicht ausgesetzt werden dürfen, nur weil sie Töchter sind. Menschenrechte bedeuten nicht nur Völkerrechte, sondern auch Familienrechte, Frauenrechte und Kinderrechte.

Menschenrechte werden auch dann mit Füßen getreten, wenn ein islamischer Vater seine Tochter zwangsverheiratet oder in Indien ein Fötus abgetrieben wird, nur weil er weiblich ist, Wenn in vielen Völkern der Welt Töchter einfach nicht erwünscht sind!

Aber wollen wir nicht mit dem Finger auf die anderen zeigen. Auch in unserem Land werden Menschenrechte oft genug mit Füßen getreten. Das geschieht, wenn Neonazis oder auch Skinheads einen Ausländer niederschlagen, der ihnen nichts getan hat. Aber es gibt auch sexuelle Misshandlungen an Kindern von den eigenen Verwandten, die Jahre andauern, weil diese Misshandlungen oft nicht angezeigt werden, weil die Opfer aus Angst schweigen oder weil sie eingeschüchtert werden.

Menschenrechtsverletzungen gibt es auf verschiedene Art und Weise, und wer schweigt, nur zusieht, der begeht ebenfalls eine Menschenrechtsverletzung. Oft schweigt man aus Angst. Aber oft hört man die Leute sagen: "Was können wir schon ändern?" Oder sie zucken ratlos mit den Achseln.

Ich bin der Meinung, vielen ist es gleichgültig. Hauptsache, ihnen passiert nichts.

Sicher, ein Einzelner kann nie was ändern an der großen Weltpolitik, an Kriegen und Terrorismus, aber eine Menschenrechtsverletzung passiert nicht nur in den Taten, sondern sie beginnt in unseren Köpfen mit unseren Gedanken. Und jede Gewalt ist eine Menschenrechtsverletzung, egal wer sie austrägt und auf welche Art und Weise sie letztendlich passiert.

"Das bin ich nicht, sondern der andere, die andere."

Oftmals hören wir den Satz oder wir sagen ihn allgemein selbst: "Ich bin es nicht gewesen, es ist der andere, die andere gewesen." Der andere, die andere haben aber einen Namen. Da ist es besser zu sagen: "Das war ich nicht, es war der Peter." Oder: "Das war ich nicht, es war die Pauline."

Man sollte also immer, wenn man jemanden kennt, nicht "der andere" oder "die andere" sagen, sondern man sollte diese Leute immer beim Namen nennen, weil es höflicher klingt. Zum Beispiel: Ein Topf ist kaputt-gegangen und man war's selbst nicht und man wird verdächtigt, dann sollte man zum Beispiel sagen: "Dem Peter ist der Topf kaputtgegangen."

"Es wird ja doch nicht besser", sagen die Leute! Aber wird es wirklich nicht besser?

Stellen Sie sich vor, es sind Wahlen, entweder sind es Landtagswahlen oder Bundestagswahlen oder Europawahlen, und in Ihrer Gemeinde, entweder in der Stadt oder auf dem Land, wird der Bürgermeister gewählt.

Bleiben wir bei den Bundestagswahlen. Stellen Sie sich vor, am Sonntag wären Bundestagswahlen. Alle wahlberechtigten Bürger haben eine Wahl-karte bekommen. Aber viele dieser Bürger treten erst gar nicht an die Wahlurnen. Die einen schimpfen: "Es wird ja doch nicht besser." Wieder andere: "Wen sollen wir denn wählen?"

"Die machen doch sowieso bloß, was sie wollen."

"Die sind doch auch nicht anders."

"Die reden nur recht gescheit daher, aber ändern tun sie ja doch nichts."

"Ihre Versprechen halten sie ja sowieso nicht ein, egal welche Partei am Ruder ist."

So reden viele Leute, aber ist es wirklich so? In vielen Ländern auf unserer Welt herrscht Wahlpflicht, aber bei uns wird niemand mit Gewalt zur Wahl gezwungen, außerdem kann man doch der Partei die Stimme geben, die man für richtig hält. Und auch die Argumente der Leute mögen stimmen. Die Situation im unserem Land ist angespannt und zur Zeit alles andere als rosig. Da ist die hohe Arbeitslosigkeit, die sozialen Kassen sind leer. Und ein jeder oder eine jede hat Angst um seinen, um ihren Arbeitsplatz. Denn leider passiert es häufig, dass auch heute hoch qualifizierte Kräfte ihren Arbeitsplatz verlieren. Und vieles in unserem Land ist nicht gerade zum Jubeln. Da ist nicht nur die Angst um den eigenen Arbeitsplatz, den man vielleicht schon bald verlieren wird, sondern auch die Angst vor Terror, Krieg und einer schweren Krankheit.

Ja es gibt viele Probleme in unserem Land, aber was nützt das alles, wenn gejammert und geschimpft wird? Oder viele stecken sogar den Kopf in den Sand, so nach dem Motto: "Hat doch eh keinen Zweck", oder: "Hat doch eh alles keinen Sinn mehr." Hat es wirklich keinen Zweck oder Sinn mehr? Mir scheint, in diesen Sätzen ist auch oftmals Gleichgültigkeit drin. Jeder einzelne verantwortliche, erwachsene, mündige Mensch müsste etwas verändern, denn Veränderungen fangen im Kleinen an und hören im Großen auf. Wir alle müssen uns jeden Tag aufs Neue fragen: "Was können, wir denn tun, dass es besser in unserem Land wird und besser auf der Welt wird?"

Es gibt ein Sprichwort, das heißt: "Man soll sich erst selbst ändern und dann das andere."

Ich sage: "Wenn sich jeder selbst ändern würde, und zwar positiv, dann wäre die Welt viel besser."

Sehr oft sieht man die Fehler der anderen, aber seine eigenen oft nicht.

Sehr oft ist es da schon der Fall, dass da gesagt wird, wenn uns jemand auf unsere eigenen Fehler hinweist, während wir jemand anderem die Feh- lerliste vorhalten: "Na ja, bei mir ist es ja etwas anderes."

Aber ist es wirklich etwas anderes, wenn wir dasselbe tun, für das wir einen anderen Menschen verurteilen?

Nehmen wir ein ganz konkretes Beispiel aus dem Alltag. Ein Kind will etwas, dieses Kind kann schon sprechen, es weiß aber, es soll Bitte und Danke sagen. Es ist mit den Eltern auf der Geburtstagsfeier bei der Oma und möchte noch ein Stück Kuchen, kann aber zu dem Kuchen nicht gelangen, weil er zu weit weg steht, und aufstehen kann es auch nicht. Plötzlich sagt es: "Gib mir den Kuchen." Der Vater schaut es böse an und meint murrend: "Das heißt bitte." Und die Mutter meint schmunzelnd: "Sag schön den ganzen Satz", und sie sagt ihrem Kind vor: "Liebe Oma, könnte ich bitte noch ein Stückchen Kuchen haben?" Ein paar Stunden später ist Abendessen, der Vater will das Brot. Plötzlich sagt er ebenso barsch oder noch barscher, als sein Sohn das mit dem Kuchen gesagt hat: "Reicht einmal das Brot her." Der Vater hat nicht Bitte gesagt, er war unhöflich, und dafür, dass er seinen fünfjährigen Sohn gerügt hat, weil er zum Geburtstagskaffee am Nachmittag das Wort "bitte" nicht gesagt hat, hat er nun selbst vergessen, höflich zu sein. Das, was er seinem Sohn Tag für Tag predigt und anerzieht, hat er nun vergessen.

Wenn ein Erwachsener nicht "Bitte", sagt ist es genauso schlimm, als wenn ein Kind nicht "Bitte" sagt, wenn nicht sogar schlimmer. Man sollte selber immer das tun, was man von anderen fordert. Man sollte Vorbild sein, wenn man schon glaubt, dass man ein Perfektionist ist, und nicht andere verurteilen, wenn man es selber tut.

Dies gilt im Kleinen wie auch im Großen. Auch sollte man nicht zu jemand anderem sagen: "An deiner Stelle hätte ich das nicht getan!"

Niemand ist an der Stelle des anderen, und wenn er an die Stelle kommen würde, wo ein anderer war, und die Situation ist dieselbige, dann würde er vielleicht genauso handeln.

Nehmen wir in Amerika den Herrn Bush. Bush ist Präsident von Amerika und hat vor einem Jahr im Irak den Krieg verordnet. Wäre ein anderer

Präsident gewesen oder an der Macht, wie würde es dann aussehen? Wäre dann kein Krieg in Irak gewesen? Wer weiß? Man sollte also niemals sagen, ich hätte es anders gemacht, wenn man niemals in derselbigen Situation gewesen ist wie der andere. Denn hinterher reden ist einfach, vorher jemandem mit Rat und Tat zur Seite zu stehen ist schwierig.

Das Andere macht uns Angst, vor allem wenn wir es nicht kennen!

Ab 1. Mai dieses Jahres war es so weit, zehn neue Staaten sind zur EU dazugekommen, darunter auch, wie man sie früher nannte, die Ostblockstaaten, man sprach auch von einer EU-Osterweiterung. Viele im Land bekommen Angst um ihren Arbeitsplatz, denn die Menschen aus dem Osten kommen als Billiglöhner zu uns. Dann nehme die Kriminalität zu. "Ach, diese Osterweiterung bringt uns nur Scherereien", so denken oder sagen es viele Menschen. Und sie kostet uns doch eine Menge, wäre doch alles so geblieben, wie es war, nur nichts verändern, alles schön beim Alten lassen. Aber ist es nicht herrlich, wenn keine Mauer mehr durch Berlin geht und die Menschen ungeniert von einen Stadtteil in den anderen gehen? Und die Menschen können nun auch durch die Öffnung der Grenzen von West nach Ost oder von Ost nach West reisen. Ist das nicht eine gute Veränderung? Und wir brauchen auch kein Visum mehr. Ach ja, die zehn Länder, die neu dazugekommen sind, heißen: Polen, Tschechei, Slowenien, Slowakei, Ungarn, Lettland, Zypern, Malta, Litauen und Estland.

Von Zypern ist leider nur der südliche Teil zur EU dazugekommen. Für die Menschen im nördlichen Teil Zyperns wird sich wirtschaftlich nichts ändern. Aber auch für die Menschen in Polen oder Ungarn oder in den anderen Ostblockstaaten, die in die EU gekommen sind, wird sich so schnell wirtschaftlich im Laufe der Jahre nichts ändern. Auch wenn es zum Aufschwung kommen sollte, viele Menschen werden vorerst arm bleiben. Wenn auch die Menschen aus den neuen EU-Ländern ziemlich unterschiedlich sind, so haben viele auch ein gemeinsames Ziel – raus aus der Armut, hinein in den Wohlstand.

Aber nicht nur unser wirtschaftlicher Aufschwung, sondern auch unser persönlicher Aufschwung zählt, dass wir nicht mehr engstirnig sind, sondern unsere Herzen öffnen.

Ich hoffe aber auch, dass eines Tages Menschen aus diesen neuen EU-Ländern an der internationalen Tagung der Gesellschaft "Erwachsenenbildung und Behinderung" teilnehmen werden. Und dass ich da auch neue Menschen kennen und vor allem auch verstehen lerne. Damit meine ich nicht nur sprachlich, sondern dass ich auch die Mentalität verstehe. Unsere Gesellschaft "Erwachsenenbildung und Behinderung" hat im Jahre 2002 eine internationale Tagung in Prag abgehalten.

Unser Leben ändert sich ständig, im Großen wie im Kleinen. Rings um uns verändert sich die Welt. Wenn wir auch von den Veränderungen nichts mitbekommen, so werden sie uns doch durch die Medien, im Fernseher, Radio oder verschiedenen Zeitschriften präsentiert. Auch durch die EU-Osterweiterung wird sich manches im unserem Land und in den anderen westlichen Ländern Europas verändern. Veränderungen gehören eben zu unserem Leben. Auch die Jahre und Jahrhunderte haben sich verändert. Aber kein Jahrhundert hat sich so rasant verändert wie das 20. Jahrhundert.

Gab es Anfang des 20. Jahrhunderts noch in jedem Land einen Monarchen, so gab es Ende des 20. Jahrhunderts in vielen europäischen Staaten die Demokratie. Es gibt keinen europäischen Staat mehr mit einem Kaiser, dafür gibt es europäische Staaten, die Königreiche sind, weil dort ein König oder auch eine Königin herrscht. Luxemburg ist das einzige europäische Land, in dem der Monarch ein Großherzog ist. In Monaco (Frankreich) regiert ein Fürst. Im 20. Jahrhundert gab es auch kommunistische Staaten, die gab es in Osteuropa. Das 20. Jahrhundert brachte auch das Computer- und Internetzeitalter hervor. Und wir leben jetzt im 21. Jahrhundert und im dritten Jahrtausend. Und am Ende des Jahrhunderts wird unser Planet vielleicht anders aussehen. Denn dieses Jahrhundert wird sich schneller verändern als das vorige. Und wir Menschen tragen zu dieser Veränderung bei, jeder einzelne, und mögen wir noch so unterschiedlich sein.

Auch die Menschen (Völker), die zur EU neu dazugekommen sind, sind unterschiedlich, aber es wäre schön, wenn wir nicht nur wirtschaftlich, sondern auch freundschaftlich zusammenkommen. Das wäre mein großer

Traum, alle Menschen aus Europa, ja sogar aus der ganzen Welt, sitzen an einem großen, großen Tisch, essen, trinken, lachen, singen und unterhalten sich miteinander. Trotz der Unterschiede. Das wäre doch toll! Oder? Es gäbe keine Kriege mehr. Es wäre Frieden, und die Menschen würden sich trotz ihrer Unterschiede gut verstehen. Wäre das nicht auch normal? Normal!

Was heißt denn eigentlich normal? Normal, das sind die Regeln des Alltags. Es ist normal, wenn Menschen am frühen Morgen aufstehen, und die einen gehen ins Büro, die anderen in die Werkstatt, wieder andere in die Fabrik und wieder andere ins Geschäft. Aber vielleicht bleiben auch Menschen zu Hause, weil sie gerade Urlaub haben oder krank geworden sind, oder sie sind gerade arbeitslos geworden, weil vielleicht ihre Firma Stellen abbaut oder weil sie vielleicht gerade in Konkurs gegangen ist. Oder wieder andere könnten in Rente sein.

All das könnte normal sein! Normal sein muss man verstehen. Vieles, was für manche Menschen nicht normal ist, ist nämlich für andere normal. Normal hat verschiedene Bedeutungen. In Wirklichkeit gibt es nämlich so was nicht, das ist richtig oder falsch.

Das gibt es nur von unserer Sicht aus. Denn wer kann denn schon sagen, was richtig oder falsch ist? Was für den einen richtig ist, ist für den anderen falsch. Sicher gibt es Regeln, wo nur das eine richtig ist, das ist zum Beispiel in der Straßenverkehrsordnung. Da muss man bei Rot stehen bleiben, das gilt für Fußgänger wie auch für Auto- und Radfahrer. Ja, im Straßenverkehr sind alle Regeln für alle gleich. Auch am Arbeitsplatz gelten feste Regeln. Man kann zum Beispiel nicht um neun Uhr kommen, wenn man um acht Uhr anfangen soll, außer man hat einen wichtigen Grund, wenn man zum Beispiel einen Arztbesuch macht. Feste Regeln sind auch für den Alltag und überhaupt für ein gemeinschaftliches Zusammenleben wichtig Regeln oder Normen sind eben sehr wichtig. Regeln und Normalität gehören zusammen wie die Glieder einer Kette. Geht ein Glied in einer Kette verloren, ist die ganze Kette kaputt.

Das Glied in einer Kette. Man spricht ja auch von einer Eingliederung (Integration). Aber ein Mensch sollte immer integriert sein, einen Menschen kann man nicht austauschen wie einen Autoreifen. Sicher, im Fußballspiel werden Spieler ausgetauscht, aber ich meine überhaupt, dass ein Mensch, der nicht mehr leistungsfähig ist, nicht aus der Gesellschaft ausgeschlossen wird. Irgendwann können wir doch dann alle nicht mehr, auch nicht die Stärksten. Oft hört man doch den Satz: "Ach, war das wieder ein Tag, ich bin so kaputt."

"Kaputt", beim Menschen ist das eine andere Sache als bei einem Gegenstand, wie zum Beispiel bei einem Glas, Auto, Kleid oder einer Hose. Wenn ein Mensch sagt, er sei kaputt, dann meint er, er ist müde, schlapp, vielleicht ist ihm auch schwindlig. Wenn ein Glas kaputt ist, ist es zerbrochen. Ein Auto ist demoliert. Ein Kleid oder eine Hose sind zerrissen oder zerfetzt. Ein Mensch, der nicht gerade leistungsstark, dafür aber leistungswillig ist, sollte geachtet und geschätzt werden.

Menschen mit einer geistigen Behinderung oder auch mit einer Lernschwierigkeit sind oft nicht so leistungsstark, aber sie sind dafür leistungswillig. Was nützt es denn, wenn einer leistungsstark, aber nicht leistungswillig ist. Was zählt, ist doch der Wille. Wir Menschen mit einer Behinderung oder auch mit einer Lernschwierigkeit sind oft wohl willig, aus unserem Leben mehr zu machen. Aber dieses Willigsein wird von vielen Menschen nicht gewollt. Oft werden uns Steine in den Weg gelegt, weil man erst gar nicht will, dass es anders für uns wird. Man hindert uns eben an vielen Dingen und sagt, wir wären behindert. Aber ich fühle mich gar nicht behindert. Ob mit oder ohne Behinderung, wir sind alle zunächst Menschen, deshalb gibt es auch die People-First-Gruppen, was ja heißt, der Mensch zuerst. Zuerst kommt der Mensch und dann die Behinderung. Bei People-First treffen sich Menschen mit einer Behinderung oder auch Lernschwierigkeit und sagen selbst, was sie wollen. Und das ist gut so!

Wie es verschiedene Menschen gibt, gibt es auch verschiedene Behinderungen. Ich habe von den EU-Ländern geschrieben, auch da gibt es Menschen mit Behinderung. In allen Völkern und Rassen gibt es Menschen mit Behinderung. Früher dachten die Leute, eine Behinderung sei ein Werk des Teufels oder auch eine Bestrafung Gottes. Ich glaube, eine "Behinderung" ist eine Prüfung für uns Menschen, die mit einer Behinderung leben. Wie alle Menschen ihre Last oder ihr Päckchen zu tragen haben, haben wir eben unsere "Behinderung" zu tragen. Sicher kann es jeden mit einer "Behinderung" treffen. Aber auch unser Land hat mit "Hindernissen" zu kämpfen. Da reden zum Beispiel die Politiker von einem Wirtschaftsaufschwung, aber was passiert – höhere Steuern, Stellenabbau, wohin man sieht. All das behindert unseren Wirtschaftsaufschwung in unserem Land. Und wer sind die Verlierer? Natürlich mal wieder die sozial Schwachen, wie zum Beispiel die Menschen mit Behinderung.

Und vor allem die Menschen mit Behinderung, die in den Werkstätten arbeiten und in den Wohnheimen wohnen. Solchen Menschen bleibt nicht viel zum Leben. Und dass auch immer wieder die Lebenshaltungskosten steigen, bekommen Menschen mit Behinderung oder auch andere Menschen mit schwachem Einkommen besonders zu spüren.

Auch wir Menschen mit Behinderung sind ebenfalls EU-Bürger!

Überall in den EU-Ländern gibt es Menschen mit und ohne Behinderung. Jeder Mensch mit Behinderung ist ebenso ein EU-Bürger wie ein Mensch ohne Behinderung. Und es sollte selbstverständlich sein, dass wir die gleichen Pflichten und Rechte haben wie die anderen. Man sollte uns ebenfalls wie den anderen auf dem freien Arbeitsmarkt für einen gerechten Lohn arbeiten lassen, vor allem Menschen mit Behinderung, die dazu in der Lage sind. Für die Gesellschaft wäre das sogar eine Bereicherung, egal wo diese Menschen leben. Für gleiche Arbeit sollte gleicher Nettolohn gezahlt werden, egal ob der Mensch eine Behinderung hat oder nicht. Da soll es auch nicht heißen, der oder die seien zu langsam. Wenn jemand seine Arbeit ordentlich macht, zeigt er dadurch den Willen, dass er oder sie es ernst mit der Arbeit meint. Man darf eben nicht, weil man anders ist, durch die Gesetze anders behandelt werden, denn vor dem Gesetz und auch vor Gott sind wir alle gleich.

Denn sind die Blätter auf einem Baum nicht auch unterschiedlich? Aber sie hängen eben an einem Baum, an jedem Zweig und an jedem Ast hängen sie. So wie die Blätter an einem Baum hängen und unterschiedlich sind, so leben auch unterschiedliche Menschen, Völker und Rassen, wie ich eben schon erwähnte, in derselben Welt. Eine Welt für die einzelnen Menschen gibt es nicht. Selbst wenn man sagt: "Die oder der lebt in seiner oder ihrer eigenen Welt", es leben alle in der gleichen Welt, wenn sie die anderen dort leben lassen.

Auch wir sind Menschen und Geschöpfe Gottes!

Seit Anbeginn der Welt und seit Anbeginn des Menschen gibt es die Behinderung. In allen Zeiten, wo Menschen lebten, gab es Menschen mit Behinderung, und zu allen Zeiten hat man solche Menschen auch ausgestoßen, auch heute noch im dritten Jahrtausend. Solange es Menschen gibt und solange es Menschen mit Behinderung gibt, und die gibt es, solange die Menschheit besteht, werden daher auch Vorurteile aufgebaut. In vielen Völkern und Kulturen glaubt man, wenn jemand mit nur einem Arm oder Bein geboren wird, es sei die Bestrafung der Götter. Aber wofür sollte denn ein neugeborenes, unschuldiges Kind bestraft werden? Oder im Mittelalter dachte man, dass Menschen mit einem Down-Syndrom, nur weil sie anders aussahen, mit dem Teufel im Bunde standen, und hat deshalb viele solcher Menschen auf dem Scheiterhaufen verbrannt, denn im Mittelalter wusste man nichts von einem Down-Syndrom. Aber gehen wir vom Mittelalter zurück in die Antike vor etwa 2000 Jahren, als unser Heiland auf der Welt lebte. Er heilte Lahme, Blinde, Taube und öffnete den Stummen den Mund. Er befahl ihnen also zu reden. Die Menschen in Jesus' Zeit waren ebenfalls von der Gesellschaft ausgeschlossen, ausgesperrt, ausgestoßen, wobei das letztere Wort sehr brutal ist. Nämlich das Wort "stoßen", ja, wir sagen sogar schubsen, oder wie wir hier in Bayern sagen: "jemanden einen Rempler geben, anrempeln". Jesus hat nichts von alldem getan, sondern er hat sich dieser Menschen angenommen, er hat sie sogar eingeladen, weil er wusste, dass auch sie Gottes Kinder waren, ja sogar Gottes Geschöpfe, und weil er selbst von Gott kam. Und er liebte eben alle Menschen. Er trug sogar seinen

Aposteln (Jüngern) auf – heute würden wir das Wort "Lehrlinge" gebrauchen, denn diese Jünger nannten ihn sogar "Meister"; gewiss, Jesus war der Sohn eines Zimmermanns, vielleicht hatte Jesus auch zuerst Zimmermann gelernt, aber dann predigte Jesus von der "Nächstenliebe", und er lebte auch danach. Dieser Jesus trug seinen Jüngern sogar auf: "Gehet hin in alle Welt und taufet alle Völker, im Namen des Vaters und des Sohnes und des Heiligen Geistes, Amen." Heute würde man sagen, er beauftragte seine Jünger, indem er zu ihnen sagte: "Jetzt geht doch mal in die Welt hinaus und erzählt den Leuten, was für ein toller Kerl ich bin."

Aber Jesus hat nicht gesagt, sie sollen in die Welt hinausgesehen und den Leuten erzählen, was er für ein toller Kerl ist. Er blieb bescheiden. Sicher, andere Menschen, auch andere Völker sollten von ihm erfahren. Denn er ist nicht nur für ein Volk geboren, sondern für die ganze Menschheit!

Jesus' Worte waren ernst gemeint und hatten Sinn, doch viele reden nur Unsinn!

Jesus ging durchs Land und predigte. So wissen wir es von der Bibel. Er predigte aber nicht nur, er versuchte sich auch an das zu halten, was er predigte. Er liebte alle Menschen gleich, egal welcher sozialen Schicht sie angehörten. Er verurteilte weder den Zöllner, wo er eingekehrt war, dass dieser zu reich war, noch verurteilte er die Sünderin Maria Magdalena; er predigte nicht nur Nächstenliebe, sondern lebte sie auch. Viele Menschen sagen den anderen, wie sie zu leben hätten, leben aber selbst nicht danach! Ihre Worte sind sinnlos! Nein, ich finde, "reich" zu sein ist keine Sünde, wenn der Reichtum auf ehrlichem Weg aufgebaut worden ist und wenn man den Reichtum gerecht verteilt. Reichtum ist nur Sünde, wenn er unehrlich erworben wurde oder wenn andere Menschen dabei ihre Existenz verlieren. Wir brauchen uns doch heute nur unsere Marktwirtschaft anzusehen! Da werden Arbeitsplätze auf Kosten der Menschen abgebaut, die diese Arbeit brauchen, nur damit andere, die sowieso schon genug haben, noch mehr bekommen. Der Zöllner, bei dem Jesus einkehrte, hatte ebenfalls seinen Reichtum ungerecht angehäuft, aber er sah seine Schuld ein. Er sah ein, dass es nicht gerecht war, einen so großen Reichtum anzuhäufen, während Menschen, die neben ihm lebten, arm waren und um ihre Existenz oder auch ums nackte Überleben kämpfen mussten. Man braucht heutzutage kein Christ zu sein, um einzusehen, dass Reichtum, der auf der Armut anderer Leute beruht, ungerecht, unsozial und unmenschlich ist. Der Zöllner Zacharias war kein Christ, aber er sah ein, dass der Reichtum, den er besaß, und wie er dazu gekommen war, ungerecht war.

Nicht ungerecht ist wenn man den Reichtum teilt und denen etwas gibt, die eben nicht so viel haben. Natürlich kann man nicht alles hergeben, was man selbst besitzt, sonst wäre man selbst bald arm. "Globalisierung", gut und schön, aber es muss dabei gerecht zugehen und es dürfen nicht Arbeitsplätze verlagert werden, weil in einem anderen Land, vielleicht auch gar nicht in Europa, billiger gearbeitet wird und sich daher immer mehr Gewinne anhäufen. Sicher, Gewinne müssen sein in einer Firma, denn eine Firma, die Verluste macht, bringt niemanden was. Wer würde denn schon produzieren, wenn er oder sie wüssten, dass man Verluste einfahren würde? Denn es sollen ja auch Steuern und Sozialabgaben bezahlt werden. Bei einer Globalisierung sollte es gerechter zugehen. Ich habe schon einmal erwähnt, dass Menschen mit Behinderung, die die gleiche Arbeit gleich gut machen wie Menschen ohne Behinderung, den gleichen Lohn bekommen sollen. Nun ist auch meine Meinung, dass auch Menschen in anderen Ländern und auch auf anderen Kontinenten (Erdteilen), die dieselbe Arbeit gleich gut machen wie hierzulande die Menschen, ebenfalls den gleichen Lohn bekommen sollten, denn egal wie unterschiedlich wir alle sind, jeder Mensch ist gleich viel wert. Bei Jesus waren eben die Menschen gleich viel wert. Er verurteilte aber auch die, die sich anmaßten, sich ein Urteil über diejenigen zu bilden, die sie überhaupt nicht kannten, er sagte ja auch, was er dachte. Heute würde man sagen, er nahm kein Blatt vor den Mund. Er verurteilte auch die, die sich für selbstgerecht hielten und andere verurteilten, weil sie nicht alles richtig machten, aber von anderen verurteilt wurden, "die gerade selbst genug Dreck am Stecken hatten", so würden wir es heute sagen. Jesus sagte ihnen deshalb auch die Meinung, und darum musste er auch sterben. Heutzutage ist es eben so, viele Menschen können es nicht vertragen, wenn ihnen andere Menschen ihre Meinung sagen. Während sie ungestört ihre Meinung an andere austeilen dürfen, ertragen sie selbst keine Kritik. Jesus nannte sie damals Pharisäer und Heuchler. Heute würde er sie genauso nennen. Nur, heute leben in der Welt Millionen von Christen und man spricht von christlichen Grundwerten. Aber wenn ich mir das so alles ansehe, macht es mich ziemlich wütend, was auf unserem Planeten Erde, auf unserer Welt geschieht, und ich sage: "Nein, nein, nein, vieles ist nicht gerecht." Und ich frage mich, wo ist denn da noch ein christlicher Grundwert, wenn es nur noch allein um den Gewinn geht und nicht mehr um die Menschen, mit denen man ja eigentlich zusammenlebt? Es darf eben nicht sein, dass manche immer reicher und reicher werden, während viele, die neben ihnen leben, immer ärmer und ärmer werden.

Ich finde den Satz schlimm, wenn die Reichen, die immer reicher werden, den Satz verwenden: "Geld ist nicht wichtig", und dabei schauen, dass sie immer mehr und mehr Geld bekommen! Ich denke, gerade solche Menschen sind in meinen Augen "Heuchler". Wenn ihnen Geld nichts bedeuten würde, könnten sie ja einen Teil ihres Reichtums abgeben, dadurch wäre die Welt sozial gerechter! Man weiß ja, dass die Kluft zwischen Arm und Reich anwächst. Sicher, Arme und Reiche hat es seit Beginn der Zivilisation schon immer gegeben, aber heute ist es besonders extrem, trotz unserer moderen Zeit. Und Reichtum oder Wohlstand dürfen nicht zum Recht Einzelner werden, sondern ein Recht für alle Menschen. Denn ich sage: "Reichtum ist ein Menschenrecht", erst wenn das allen Menschen bewusst ist, werden auf unserer Welt die Kriege, Terrorismus und Kriminalität und überhaupt die ganze Gewalt aufhören. Fangen wir gleich damit an, die Armut weltweit abzubauen.

Reichtum ist keine Frage der Hautfarbe und auch nicht der Religion

Ich erwähnte schon, dass Reichtum ein Menschenrecht ist, denn warum sollte ein Inder, warum sollte ein Mensch mit schwarzer Hautfarbe arm bleiben und ein weißer Mensch reich werden? Sicher, es gibt ein Sprichwort, das heißt: "Armut schändet nicht." Ich sage: "Reichtum schändet doch auch nicht, wenn er ehrlich erworben und niemand dabei zu Schaden gekommen ist." Kommen wir auf das Sprichwort zurück, dass Armut nicht schändet, aber das, was hinter der Armut steckt, ist oftmals eine Schande. Armut ist oftmals ein Zeichen der Armut und der Unwissenheit. Der Stärkere oder auch Schlauere nimmt sich sehr oft das Recht, dass er den Schwächeren, nicht so Schlauen etwas wegnimmt, das ihm, dem Stärkeren oder Schlaueren, gar nicht selbst gehört. In der Sklavenzeit in Amerika waren es die Weißen, die reich waren, und sie waren Christen! "Christen"?

Wenn ich daran denke, wie sie die Schwarzen oftmals behandelt haben, zeichnet sich das gerade nicht als christlich aus. Weil sie sich gerade nicht an Christus' Worte gehalten haben! Denn die Worte von Jesus lauten: "Liebet euren Nächsten wie euch selbst." Aber die Weißen haben mit den Schwarzen sehr oft gemacht was sie wollten. Sicher gab es auch Weiße, die die Schwarzen gut behandelten, aber das war bestimmt nur eine Minderheit. Nehmen wir ein anderes Beispiel, da war bereits das 20. Jahrhundert, als in Südafrika noch immer das Apartheidsystem (Rassentrennung) herrschte. Aber auch in Amerika war bis ins 20. Jahrhundert hinein eine Rassentrennung vorhanden. In beiden Ländern oder auch Kontinenten durften Weiße und Schwarze nicht zusammen sein. Für mich ist Rassentrennung nicht christlich und auch nicht menschlich. Rassentrennung ist eine Schande und erbärmlich. Außerdem ist Rassentrennung eine Form von Sklaverei. Aber reden wir jetzt nicht alleine von Südafrika oder Amerika, gehen wir mal kurz ins Dritte Reich zurück, da wurde oft das Vermögen von Menschen beschlagnahmt, nur weil sie Juden waren. Ich sage es noch mal: "Nicht nur die Weißen und Christen haben ein Recht auf Reichtum und Wohlstand, sondern alle Menschen auf dem Planeten, egal welche Hautfarbe und Religion sie haben!" Mit Reichtum kann man ja viel Gutes tun, man kann die Wirtschaft ankurbeln, dafür sorgen, dass Menschen, die arbeiten, ihren gerechten Lohn zu einem menschenwürdigen Leben erhalten. Es gibt auch das Sprichwort: "Geld verdirbt den Charakter." Sicher, wer Geld hat, hat vielleicht auch weniger Hemmungen als diejenigen, die keines haben. Und Leute, die Geld haben, leben ja sicher anders als die, die keines haben oder die wenig haben. Aber es gibt doch eben in allen sozialen Schichten Menschen mit und ohne Charakter. Und ist denn charakterlos, wenn sich plötzlich jemand etwas leisten kann, das er sich vorher nicht leisten konnte, weil er durch Arbeit zu Wohlstand gelangt ist? Sicher nicht. Zum Beispiel: Wenn Menschen in Afrika satt zu essen haben und ihre Kinder auf Schulen schicken können, damit sie etwas lernen, das ist doch was Gutes und nicht charakterlos. Charakterlos ist für mich, wenn jemand mit dem Essen herumschmeißt oder wenn jemand Rotwein über den anderen schüttet. Nein, ich glaube nicht, dass Geld den Charakter verdirbt, sondern dass es schon im Menschen drinsteckt, denn welcher Mensch träumt etwa nicht vom Reichtum? Und ich würde lügen, wenn ich behaupten würde, dass mir an Geld nichts liegt. Muss ich deshalb ein schlechter Mensch sein?

Und jeder von uns braucht Geld zum Leben! Sei es für die Miete, die viele zahlen müssen, aber auch für andere Lebensunterhaltungskosten, und wenn ständig die Lebenskosten steigen, muss man dafür auch ausreichend Lohn bekommen. Sicher sind wir hier in Deutschland oder auch in anderen Industrieländern zu anspruchsvoll geworden. Das hat auch mit unserem Lebensstandard zu tun. Wie viele von uns haben ein Handy oder einen Internetanschluss. Freilich, viele von uns benutzen es auch beruflich und auch geschäftlich, aber viele haben es nur zum Spaß. Sicher, wenn man sich mal verirrt, ist ein Handy schon nützlich. Aber manchmal treibt man auch mit einem Handy Jux und Tollerei, zum Beispiel wenn man jemanden anruft, der nur einen Meter von einem entfernt steht, oder wenn jemanden anruft, der in derselben S-Bahn und noch dazu im selben Abteil sitzt. Aber wahrscheinlich ist es ganz normal, wenn man in der heutigen Zeit ein Handy hat.

Vieles, was die Menschen in der früheren Zeit nicht hatten, weil man es eben noch nicht kannte und weil man es noch nicht erfunden hatte, gehört für die Menschen zum heutigen Leben einfach dazu. Viele können sich schon bald nicht mehr vorstellen, das eine oder das andere zu entbehren. Das bringt eben die Zeit mit sich, und die wird mehr und mehr technisiert. Freilich brauchen wir den Fortschritt, und ohne Fernseher, Computer und vielleicht auch das Handy kommen heute viele Menschen nicht mehr aus. Aber wie weit dürfen wir mit dem Fortschritt gehen?

Dürfen wir mit dem Fortschritt so weit gehen, dass wir Gott spielen können?

Am Anfang der Schöpfung sagte Gott zu den Menschen: "Macht euch die Erde untertan." Wohl, der Mensch hat es getan, bis zum heutigen Tage! Er geht sogar so weit, dass er das Klonen von sich selbst anfängt. Aber schlimmer finde ich, wenn Eltern bestimmen können, so oder so soll mein Kind aussehen, und der Wunsch noch realisiert werden kann. Nehmen wir dazu mal ein Beispiel, die Eltern sagen: "Wir möchten, dass unser Kind blaue Augen und blonde Haare hat und weiblich ist." Das Kind kommt auf die Welt und hat tatsächlich blaue Augen, blonde Haare und ist weiblich. Weil es nicht auf natürlichem Weg erzeugt wurde, sondern aus dem Reagenzglas kommt. Mir kommt es so vor, dass hier kein Kind erwünscht ist, sondern eine lebende Puppe, die man einfach wie ein Kleid oder wie einen Hosenanzug aus dem Katalog bestellen kann.

Ist das nicht der Wahnsinn? Und soll das eines Tages ganz normal werden? Davor habe ich Angst! Und ich wäre froh, wenn ich das nicht mehr erleben müsste.

Vieles technische Dinge erleichtern uns den Alltag. Und bestimmt bringt auch die Technik neue Arbeitsplätze, das nennen wir alle Fortschritt. Aber wo bleibt denn unser menschlicher Fortschritt? Ich habe das Gefühl, je mehr wir in den technologischen Fortschritt hineinwachsen, desto weniger Chancen hat der menschliche Fortschritt . Soziales, Menschlichkeit und Nächstenliebe führen ein Schattendasein. Doch wir brauchen beides: den menschlichen sowie auch den technologischen Fortschritt.

Wohlstand besteht für uns aus materiellen Dingen, aber Wohlstand ist noch etwas anderes

Wenn wir das Wort Wohlstand hören oder auch lesen, denken wir sofort an etwas Materielles, und das mag zum Teil auch stimmen. Aber ist Wohlstand nicht auch noch etwas anders? Nämlich, dass es mir beziehungsweise uns wohl ergeht, egal ob man einen dicken Mercedes oder einen schicken Porsche fährt. Egal ob man in einer schicken Villa wohnt. Sicher, das Materielle gehört zum Wohlstand dazu, aber das ist bestimmt nicht alles Es geht mir gut, wenn ich mal in der Sonne liege, das tut mir wohl. Wohlstand bedeutet für mich, dass ich mich wohl fühle. Egal was ich tue, für den Wohlstand ist bestimmt nicht nur entscheidend, ob man einen dicken Mercedes oder einen schicken Porsche oder ein sonstiges Luxusauto fährt. Sicher, manch einer wird sich auch wohl fühlen, wenn er in ein solches Autos einsteigt. Wohlstand hängt auch nicht von irgendeiner großen Villa ab, man kann auch in einer kleinen Mietwohnung wohnen und sich trotzdem wohl fühlen.

Wohlstand bedeutet so viel und sieht für jeden Menschen anders aus. Für mich bedeutet ''Wohlstand'', dass ich mich in dem Stand, in dem ich lebe, auch wohl fühle.

''Sauwohl'', wie wir Bayern auch sagen.
Auch ''pudelwohl'', wie es im Volksmund heißt.
Es gibt auch den Ausdruck: ''Man fühlt sich nicht wohl in seiner Haut!''
Das heißt, es geht jemandem gerade nicht gut, weil vielleicht jemand gestorben ist, den er gut kannte. Oder es geht jemanden nicht gut, weil er

oder sie Stress in der Arbeit hat. Da gibt es viele Gründe, warum es jemanden nicht gut geht oder warum sich jemand auch nicht wohl fühlt.

"Wohlstand, Wohlfühlen, Wohlbehagen", bei diesen Wörtern ist das Wort "Wohl" dabei, und irgendwie gehören sie auch alle zusammen. Ich will noch einmal auf das Wort "Wohlstand" hindeuten. Nicht nur das Materielle ist wichtig, sondern Wohlstand bedeutet für mich, dass man sich in dem Stand, wie man lebt, auch wirklich wohl fühlt, aber das erwähnte ich ja bereits. Es gibt also zwei Wohlstandsfaktoren, den materiellen sowie auch den seelischen Wohlstand. Sicher, das eine gibt es nicht ohne das andere. Und wir brauchen beides. Der seelische Wohlstand ist, sich über etwas zu freuen, vielleicht über die Sonne, über die schönen Blumen, die in der Natur wachsen, dass ich gesund bin und eine Arbeit habe, dass ich jeden Tag erwache – diese Dinge gehören auch zum Wohle der Menschheit, und dazu braucht man kein Geld.

Der materielle Wohlstand ist schon etwas anders, da geht es um ein Bett, einen Schrank, einfach um das Materielle. "Selbstverständlich", werden Sie sagen. "Ein Bett, einen Schrank, eine Gefriertruhe, ja, auch einen Kühlschrank und eine Waschmaschine und auch eine Dusche und ein Bad mit fließend Wasser, das hat doch jeder in der heutigen Zeit." Eigentlich sollte es auch jeder Mann und jede Frau haben, aber haben das wirklich alle hier im unserem Land? Und wie fühlen sich die Menschen, wenn sie das alles nicht haben? Wohl oder nicht wohl? Darauf können euch die Menschen nur selbst eine Antwort geben. Mich wohl zu fühlen, hat auch was mit meiner Zufriedenheit zu tun. Bin ich mit dem zufrieden, was ich habe oder besitze? Will man noch mehr? Aber was ist, wenn man so viel Materielles besitzt, dass man keine Zeit mehr hat für sich und andere Menschen, die einem wichtig sind? Es gibt Menschen, die wenig besitzen und doch durchaus zufrieden sind und sich wohl fühlen. Und es gibt Menschen, die viel besitzen und sich nicht wohl fühlen. So ist der Wohlstand nicht nur das Materielle, aber es gehört zum Wohlstand dazu.

Wenn die Freizeit keine Freizeit mehr ist

Wir Deutschen haben immer mehr Freizeit. Die Freizeit wollen wir nutzen, um uns zu entspannen, aber kaum ist die Freizeit da, sind viele aktiv. Radfahren, Schwimmen, Joggen und noch eine Menge anderer Sportarten muss her. Sicher, Sport hält auch fit und schlank. Und außerdem, ein bisschen Sport schadet niemandem. Aber viele Menschen haben ihre Freizeit zu einem richtigen Terminkalender gemacht. Am Freitag, wenn das Wochenende beginnt, geht es bei vielen schon los, bis Sonntag.

   Nehmen wir mal ein Beispiel: Es ist keine reiche, aber immerhin eine gut situierte Familie mit zwei Kindern, ein Bub (Junge) und ein Mädchen, sie, die Mutter, ist Hausfrau, er, der Vater, arbeitet bei einer großen Firma und verdient nicht schlecht. So 5200 Euro netto monatlich. Man wohnt im eigenen Häuschen, und zwar auf dem Land. Die beiden Kinder gehen aufs Gymnasium. Das Mädchen hat damit gerade erst angefangen. Der Junge geht schon seit drei Jahren aufs Gymnasium. Und die Mutter hat noch neben ihrer Hausarbeit ein Ehrenamt im nahe gelegenen Seniorenheim. Dort ist sie zwei- bis dreimal in der Woche und kümmert sich liebevoll um diese Heimbewohner, entweder macht sie mit ihnen Gesellschaftsspiele oder Ausflüge mit denen, die noch können. Die ganze Familie ist auf Achse. Man sollte meinen, von Freitag bis Sonntag sollte die Familie zusammen sein, sich von der Woche erzählen oder Spiele machen. Oder zusammen einen Ausflug machen. Aber weit gefehlt. Das Mädchen will am Freitagabend bei einer Freundin übernachten. Und auch sonst am ganzen Wochenende bei der Freundin bleiben, da die Freundin allein zu Hause ist, weil ihre Eltern am Wochenende gerade verreist sind. Der Junge will mit einigen Freunden in ein Campinglager ins Allgäu fahren. Und der gestresste berufstätige Familienvater freut sich auf ein ruhiges, gemütliches Wochenende.
   Aber leider wird nichts daraus. Denn seine Frau hat schon für ihn und sich das Wochenende geplant. Er kommt zur Wohnungstür herein, da fängt sie schon an: "Liebling, beeil dich, heute Abend um sechs Uhr sollen wir zu Frau Müller, du weißt schon, bei Eva-Maria zu ihrem 50. Geburtstag kommen."

Dann geht es weiter: "Morgen feiert im Altenheim Opa Wicke seinen 80. Geburtstag. Und am Sonntag habe ich die Maiers, Hubers und Wenzkes zum Mittagessen und Kaffee eingeladen." Er stöhnt nur. Aber sie drängt: "Los, los, mach dich fertig, ich habe dir schon deine Sachen zurechtgelegt, geh schon unter die Dusche." Murrend geht er unter die Dusche.

An jedem Wochenende ist schon etwas anderes. Der gestresste, angespannte Max Braun will sich am Wochenende nur mal ausruhen und sich mit niemandem treffen. Oder er möchte das Wochenende mit seiner Familie genießen. Aber nichts ist möglich, immer muss das Ehepaar Braun auf Achse sein. An einem Wochenende fahren sie Rad, gehen schwimmen oder machen andere sportliche Aktivitäten, und wenn sie keinen Sport treiben am Wochenende, so gehen sie anderen Aktivtäten nach. Frau Braun meint immer: "Ausruhen können wir uns, wenn wir alt und gebrechlich sind." Herr Braun sieht das anders, er möchte einmal ein gemütliches Wochenende. So stellt sich Herr Braun sein Wochenende vor: Er möchte lieber einmal im Liegestuhl in seinem Garten liegen, ein gutes Buch lesen und eine Radlermaß trinken. (Radlermaß ist ein Mischgetränk aus Zitronenlimo und Bier wir Bayern sagen dazu "Radler".)

Sicher, beides ist nicht falsch. In der Freizeit sollte man sich schon mal mit Freunden und Bekannten treffen, und auch ein bisschen Sport kann nicht schaden. Aber kann man noch von einer Freizeit sprechen, wenn es heißt, um soundso viel Uhr müssen wir dort sein. Und eine Stunde später müssen wir wieder dort sein? Nein, für mich ist das wirklich keine Freizeit mehr, sondern eher eine Hetzzeit. Natürlich ist der Fall der Familie Braun, wie auch die Familie selbst, bloß erfunden. Ich wollte nur ein Beispiel geben.

Aber gibt es nicht genügend Menschen in unserem Land, die immer etwas unternehmen müssen? Keine Minute können sie sitzen. Sicher, auch ich unternehme mal was in der Freizeit, entweder Rad fahren, wandern, schwimmen, ist ja auch alles gesund. Auch gehe ich mal gern unter die Leute, aber man muss sich auch mal in der Freizeit entspannen, mal nichts tun, Kreuzworträtsel lösen oder schlafen und vielleicht nur in Ruhe mal Kaffee trinken oder ein Eis essen. All das darf eben nicht zu einem Druck werden, und es muss freiwillig geschehen, denn das Wort heißt eben "Freizeit" und nicht "Hetzzeit".

Freizeit und nicht Freiheit. Viele Menschen scheinen die beiden Wörter sehr oft zu verwechseln. Sicher, in beiden Wörtern ist das Wort "frei" enthalten. Und irgendwie gehören sie auch zusammen, trotz ihrer unterschiedlichen Bedeutung.

Unterschiede zwischen Freizeit und Freiheit!

Die Freizeit ist, wenn man nicht arbeitet und dafür seine freie Zeit zur Verfügung hat. Man kann in seiner freien Zeit tun, was man will. Man nimmt sich also in der Freizeit die Freiheit, zu tun und zu lassen, was man will. Manche Menschen gehen aber mit ihrer Freiheit viel zu weit. Oft genug wird ihnen nicht gesagt: "Halt, Schluss damit", während andere immerzu kontrolliert werden, was sie tun. Sicher, Freiheit ist auch nicht gleich Freiheit. Wer glaubt, in seiner Freizeit könne man machen, was man will, der irrt sich aber gewaltig. Jeder Mensch hat das Recht auf Freiheit, und das heißt für mich auf jeden Fall, nicht kontrolliert zu werden. Sicher, Freiheit heißt auch, Verantwortung zu tragen und sie auch mit Vernunft auszuführen. Es gibt nämlich keine Freiheit ohne Verantwortung. Es kann aber auch nicht richtig sein, wenn die einen immerzu kontrolliert und ausgeschimpft werden, und andere hingegen dürfen immerzu machen, was sie wollen. Ich merke es ja bei mir selbst, denn ich habe das Gefühl, ständig kontrolliert zu werden, von meiner Familie und vor allem von meiner Mutter. Obwohl ich eigentlich schon 40 Jahre alt bin. Da kommt man sich manchmal wie eine Sklavin vor und nicht wie ein vollwertiges Familienmitglied. Egal was ich tue oder auch nicht tue, ich werde oft nur, so sehe ich es, angepöbelt, dumm angemacht oder auch blöd angeredet, vielleicht sieht es ja meine Familie anders, aber ich sehe die Dinge oftmals so.

Manchmal möchte ich davonrennen, aber wohin soll ich schon gehen?

Dass ich in meiner Familie Pflichten und Aufgaben habe, ist für mich selbstverständlich, und ich will sie auch erfüllen und ausführen. Aber etwas ist schlimm und grausam, nämlich dass man mir nicht das Schreiben gewährt. Ich tue doch nichts Unrechtes und Böses dabei. Was ist denn so schlimm dabei, wenn ein Mensch dieses Hobby oder auch die Freizeitbeschäftigung hat und es auch gerne tut? Ich glaube nicht, dass ich in der Familie jemandem Rechenschaft für dieses Hobby schulde, solange ich meiner Pflicht nachkomme. Aber ich werde nur beschimpft, wenn ich schreiben will, und man hat wenig oder gar kein Verständnis, wenn ich schreiben will! Also, was bleibt mir denn anderes übrig, als es heimlich zu tun?

Manchmal würde ich gerne davonlaufen, aber wohin? Und außerdem habe ich Aufgaben und Pflichten in meiner Familie. Und so einfach geht ja das Weglaufen auch wieder nicht, man muss schon wissen, wo man eine Unterkunft oder auch eine Obdach für die Nacht findet. Denn wenn man seelisch misshandelt wird, sieht man keine Wunden, wie bei der körperlichen Misshandlung. Und außerdem will ich als Frau nicht unter einer Brücke oder überhaupt als Obdachlose enden. Sicher gibt es Frauen, die als Obdachlose unter einer Brücke oder auf der Straße landen, aber ehrlich gesagt, das ist nichts für mich. Nein, ab und zu würde ich schon einmal gerne weglaufen, aber ich weiß eben nicht, wohin! Wenn ich eine Wohnung hätte, wäre es was anderes. Sicher werden sich viele auch fragen, warum ich in diesem Alter noch immer bei meiner Mutter lebe. Ist es vielleicht Unselbstständigkeit oder auch Bequemlichkeit? Nichts ist es von den beidem. Ich verdiene viel zu wenig dafür, was eine Wohnung kostet. Denn die Wohnungen in München und um München herum sind meistens sehr teuer.

Aber weglaufen allein löst eben auch nicht die Probleme. Wir können hingehen, wohin wir wollen, meistens bleiben unsere Probleme bestehen. Das mit der Sklavin meinte ich vorher so: Ich muss verbergen, unterdrücken vor meiner Familie, dass ich ein Buch schreibe. Ich kann es niemandem in meiner Familie anvertrauen. Würde ich es tun, würden sie es verhindern und mir schaden. Man würde mich sogar verlachen und beschimpfen. Man hat es ja schon einmal getan, als ich ein Fernstudium für die Schriftstellerei machte. Man wollte eben nicht, dass ich es schaffe, aber ich schaffte es trotzdem. Ich zog es durch und machte den Kurs. Aber meine Pläne lasse ich mir von niemandem mehr durchkreuzen, und deshalb schreibe ich heimlich. Würde meine Familie Verständnis haben, müsste ich es nicht heimlich tun, dann würde ich mich auch anders ihnen gegenüber verhalten. Es kann ja auch sein, dass ich meinen Familienmitgliedern Unrecht tue! Aber in dieser Sache mit dem Schreiben ist es eben so. Sonst verstehe ich mich ganz gut mit ihnen, auch mit meiner Mutter.

Warum verstehen sie das mit dem Schreiben nicht? Das ist wirklich schade!

Geiz ist noch was anderes als geil!

Wer kennt die Sprüche in der Werbung eigentlich nicht? Sie lauten: "Media Markt, ich bin doch nicht blöd." Oder auch: "Kaufen, Marsch, Marsch." Oder einer der Sprüche heißt sogar, sie schreit es direkt heraus: "Geiz ist geil." Alles handelt sich dabei um Computer, Software und vieles mehr. Der Satz: "Geiz ist geil", er klingt für mich so wie: Geiz ist gut, schön, ja sogar prima. Für mich ist Geiz kein so schönes Wort. Geiz ist also nicht geil, wie die es in der Werbung sagt, sondern oftmals für viele Menschen "notwendig".

Das Wort "Geiz" finde ich dumm. Statt Geiz könnte man "ängstliche Sparsamkeit" sagen. Oder sogar "notwendiges Sparen". Man hört ja oft den Satz und man hat es vielleicht auch schon selbst gesagt: "Der oder die ist vielleicht geizig", aber was ist denn so falsch daran, wenn man sein Geld zusammenhält, wenn man nicht gleich alles ausgibt? Denn wie sagt ein altes Sprichwort: "Spare in der Zeit, dann hast du in der Not." Im Krieg leiden alle Menschen gleich viel Not, aber die Not ist auch wieder ein Einzelschicksal für jeden Mann und jede Frau. Viele Menschen sehen es in der heutigen

Zeit als notwendig an, zu sparen und das Geld zusammenzuhalten, denn man weiß ja nie, was kommt und ob man morgen nicht schon selbst zu den Arbeitslosen gehört. Unsere Zeiten sind halt sehr unsicher, darum sage ich es noch mal: "Geiz ist nicht geil", so wie der Werbespruch sagt, sondern oftmals "notwendig". Aber waren die Zeiten schon jemals sicher? Sicher ist, dass wir alle einmal sterben. Vieles macht uns heute unsicher. Die Fragen in unserem Land häufen sich. Was wird wohl aus mir oder auch aus meiner Familie, wenn ich eine schwere Krankheit bekomme, einen Unfall habe oder meinen Arbeitsplatz verliere? Auch die Terroranschläge, von denen man sehr oft hört oder auch liest. Unsicherheit, Ängstlichkeit und auch Unwissenheit prägen oftmals unser Leben. Diese verschiedenen Wörter gehören zusammen.

Neben der allgemeinen Unsicherheit gibt es auch noch die persönliche Unsicherheit. Das Beispiel der persönlichen Unsicherheit ist, wenn man irgendwo eingeladen ist und man noch nicht weiß, ob man kommen kann. Nur Ängstlichkeit ist, wenn man vor einem Hund Angst hat, so wie ich, da ist man eben nur ängstlich.

Aber wenn viele Angst um ihren Arbeitsplatz haben müssen, ist eben nicht nur Ängstlichkeit, sondern auch Unsicherheit und Unwissenheit im Spiel. Aber man verliert ja nicht nur seine Arbeit, sondern auch sein Ansehen und oftmals seine Existenz, wenn man seine Arbeit verliert und so schnell keine mehr findet. Viele Arbeitslose oder auch Langzeitarbeitslose stellen sich tagtäglich die Frage: "Wie geht es denn jetzt weiter?" Oder: "Müssen wir jetzt unser Haus verkaufen?" Es gibt so viele Fragen, wenn man arbeitslos geworden ist. Gut, es soll für all die Fragen Beratungsstellen geben, aber die gibt es ja mehr in den Großstädten. Was ist denn mit den arbeitslosen Menschen auf dem Land? Aber auch die Beratungsstellen kosten doch Geld, denn auch die Menschen, die einen beraten, wollen ihr Geld. Außerdem hört oder liest man es immer wieder, dass oft die Zuschüsse für soundso viele Beratungsstellen gestrichen werden und dass diese und jene Beratungsstelle am soundsovielten schließt. Ein Beispiel ist, wenn man hört oder liest, am 1. September 2004 werden in München 40

Beratungsstellen geschlossen. Ich frage mich, ob man da an der richtigen Stelle spart? Wenn man es über die Medien erfährt, dass oftmals soundso viele Beratungsstellen geschlossen werden, so nach dem Motto: "Sollen doch die Arbeitslosen selbst sehen, wie sie mit ihrer Arbeitslosigkeit fertig werden", oder: "Was gehen uns denn die Arbeitslosen an?" Solche Gedanken sind nicht nur unmoralisch, sondern auch unmenschlich und unchristlich, wenn man Menschen mit ihrer Arbeitslosigkeit und ihren Schulden, weil sie gerade ein Haus gebaut haben oder sich auch eins gerade erworben haben, mit ihren Problemen überhaupt allein lässt.

Deshalb sparen auch sehr viele Menschen und halten aus Ängstlichkeit ihr Geld zusammen. Und außerdem ist das Sparen eine Tugend. Sparen ist niemals verkehrt und besser, als immerzu so großzügig zu sein. Wenn man spart, hat man auch bald keine Schulden mehr und auch wieder Geld für andere Sachen, die man sich gerne kaufen möchte. So machen die Menschen auch weniger oder gar keine Schulden. Aber sind Schulden auch gleich Schulden? Ich weiß, die Frage ist ein wenig verwirrend. Sicher, wer Schulden hat, muss diese auch immer zuerst abzahlen. Aber warum machen wir Menschen Schulden, wenn wir doch wissen dass wir sie zurückzahlen müssen? Dafür gibt es verschiedene Gründe. Viele Menschen müssen Geld aufnehmen, wenn sie ein Haus bauen wollen, denn man baut ja jung ein, Haus wenn man so um die 20 bis 40 Jahre ist, und die meisten müssen sich erst einmal das Geld erarbeiten. Denn wer würde sich schon ein Haus bauen, wenn er oder sie um die 60 bis 70 Jahre alt ist? Andere Menschen wiederum stecken in einem direkten Kaufrausch oder auch in einem direkten Kaufwahnsinn. Das heißt, sie kaufen Dinge, die sie sich gar nicht leisten können, und überziehen dabei ihr Konto. Das heißt, viel zu viele Menschen leben auf viel zu großem Fuß, weil sie mehr ausgeben, als sie verdienen. Wieder andere machen Schulden, weil sie nicht anders können, weil sie nämlich arbeitslos sind. Es ist für mich erschreckend, wenn ich oftmals höre oder lese, dass eine Million Haushalte in Deutschland verschuldet sind! Und oft genug heißt es in den Medien: Tendenz steigend. Ich halte mein Geld zusammen, dafür werde ich oftmals als geizig bezeichnet. Aber ich kann doch nicht immer so großzügig sein, sonst hätte ich auch bald Schulden, und das wäre nicht so gut für mich. Natürlich leiste ich mir auch mal was. Aber nicht nur der einfache Bürger oder die Bürgerin machen Schulden, auch unser Staat, unsere Regierung macht Schulden.

Wer hat bei wem Schulden?

In den Medien hören oder lesen wir es oft genug: Unser Staat ist verschuldet. Auch Krankenkassen oder auch andere öffentliche Kassen sind verschuldet. Der fachliche Ausdruck dafür heißt "Defizit". Wo man hinschaut, sind Schulden. Es scheint, als sei das Schuldenmachen gerade in Mode gekommen. Aber woher hat der Staat so viele Schulden und bei wem? Der einfache Bürger oder auch die einfache Bürgerin haben ihre Schulden bei den Banken. Unser Staat oder auch unsere Regierung hat neben den Inlandsschulden auch noch Auslandsschulden.

Aber was ist denn an den Schulden so anders, wenn sie unsere Regierung macht, als bei den einfachen Menschen in unserem Land? Und warum wachsen unsere Schulden immer mehr? Auch unsere Regierung gibt mehr Geld aus, als sie einnimmt. Sie will ja auch sparen, damit sie von dem hohen Schuldenberg, oder wie man noch dazu sagt: "Defizit", herunterkommt. Und an wem spart die Regierung? Sie spart an denen, die sowieso schon weniger haben. Ist das nicht absurd? Wenn also Not kommt, müssen die einfachen Leute, oder besser gesagt: Leute, die sowieso schon wenig haben, als Erstes dran glauben. Aber aus der Not wächst auch die Chance. Ab 1. Januar 2005 ist Hartz IV angesagt. Das heißt, viele, die arbeitslos sind, erhalten dann wohl kein Arbeitslosengeld mehr. Oder die Arbeitslosen- und Sozialhilfe werden zusammengelegt. Man spricht auch vom Arbeitslosengeld II. Das heißt, viele, die arbeitslos sind, erhalten weniger. Vielen, die arbeitslos oder auch langzeitarbeitslos sind, werden auch die Ersparnisse angerechnet sowie die Lebensversicherung, private Altersvorsorge, das alles ist doch irgendwie der Wahnsinn und nicht mehr normal.

Von der anderen Seite werden die Menschen, die noch im erwerbsfähigen Alter sind oder auch in die Arbeitswelt eintreten, aufgefordert, freiwillig was fürs Alter zu tun. Von der anderen Seite müssen sie das Geld für ihre Arbeitslosigkeit aufwenden.

Viele Arbeitslose machen sich auch selbstständig, wenn sie keine neue Arbeit mehr finden. Nun, kann man sich von heute auf morgen selbstständig machen? Das dauert schon eine Zeit lang, bis man sich selbstständig gemacht hat. Man muss sich erst mal richtig und gut informieren, außerdem braucht man Geld und auch Zeit. Ich glaube, die Zeit und das Geld ist das Wichtigste daran. Denn ohne Zeit, aber auch ohne Geld geht nichts. Und natürlich braucht man auch Geduld, aber Zeit und Geduld liegen ja nah zusammen. Viele Menschen schaffen es ja, eine Ich-AG zu gründen. Ich finde es toll, wenn jemand eine Ich-AG gründet und damit auch Erfolg hat. Ich meine, wenn jemand, der eine Ich-AG gegründet hat, da nicht gleich Pleite, also in die Insolvenz geht. Klar, nicht alle Arbeitslosen können eine Ich-AG gründen und sich selbstständig machen. Denn es gehört nämlich mehr dazu als Geld und Zeit und Geduld und Ausdauer. Dazu gehört ein gutes Image und auch noch ein starkes Durchsetzungsvermögen. Aber die Arbeitslosen, die eine Ich-AG gegründet haben und es geschafft haben dranzubleiben, können den anderen Arbeitslosen helfen, indem sie sie einstellen. Natürlich müssen diese auch für die Arbeit qualifiziert sein. So ist allen geholfen und niemand braucht Sozialhilfe und Arbeitslosengeld zu beziehen. Wäre das nicht toll und vor allem auch sozial? Aber mir scheint, das soziale Klima in Deutschland wird immer kälter. Arbeitsplatzabbau, Sozialabbau und noch viel mehr. Wo man hinschaut, nichts als Schuldenberge, Defizite und Abbau. Und unsere Schulden, also Deutschlands Schulden, wachsen weiter trotz Sozialabbau – ist das nicht absurd?

Warum haben wir Deutschen so viele Schulden?

Die Statistik berichtet, dass unser Staat eine Billion dreihunderttausend Milliarden Euro Schulden hat, eine Wahnsinnszahl, wenn man es hört oder auch liest. Bei so viel Schulden wird es einem gleich ganz schwindlig, von Zinsen ganz zu schweigen. Von der anderen Seite hört oder liest man auch, dass die Deutschen ein Vermögen von insgesamt vier Billionen Euro haben. Natürlich ist dieses Vermögen auf die gesamte deutsche Bevölkerung verteilt. Aber nun zu den Schulden. Warum haben wir eigentlich so viele Schulden? Und wer ist eigentlich an unseren Schulden schuld? Wir alle oder die Bewohner in der ehemaligen Ostzone? Wir hier im Westen oder viele Bewohner im Westen behaupten ja: "Die im Osten sind schuld an unseren hohen Schulden und an der schlechten Wirtschaftslage."

Schon wieder einmal sollen normale, einfache Bürger wie du und ich schuld daran sein. Für mich sind die schuld, die im Kommunismus Reichtümer gehortet haben und sie einfach nicht mehr zurückzugeben brauchten und die Bevölkerung für dumm verkauften und dafür nicht bestraft wurden. Es ist und war immer so: Die Großen lässt man laufen, die Kleinen hängt man oder sie werden bestraft. Meiner Meinung nach hätte man das Geld, das sich zur damaligen Zeit die Regierenden zu Unrecht nahmen, beschlagnahmen und für den Aufbau von Ostdeutschland verwenden müssen. Ich frage mich bloß, warum es nicht getan wurde. Solche Ungerechtigkeit macht mich wütend. Es macht mich sogar ziemlich wütend. Aber es macht mich nicht nur ziemlich wütend, es macht mich auch sehr traurig und enttäuscht. Ich meine, ich bin darüber sehr enttäuscht, dass diese Leute das Geld eben behalten durften, das sie immerhin dem Volk zu Unrecht abgenommen haben. Ungerechtigkeiten machen mich nun mal wütend, enttäuscht und traurig, oder zumindestens, was ich denke, was eigentlich ungerecht ist. Vielleicht geht es ja anderen Menschen genauso, ich weiß es ja nicht, mir geht es jedenfalls so. Aber ich muss mir die Frage selbst stellen: "Bin ich eigentlich immer gerecht?", oder: "Handle ich gerecht?" Ich kann nur sagen: "Ich versuche, gerecht zu sein, und handle nach meinem Gewissen!" Zum Beispiel finde ich es nicht ungerecht, wenn ich versuche, meine Träume zu verwirklichen. Was soll denn daran auch schon ungerecht sein? Ungerecht hingegen finde ich, wenn man mir das, was ich mir wünsche, auszureden versucht oder sogar verhindert, dass es eben gelingt. Damit meine ich nicht etwa Essenswünsche, wie zum Beispiel eine Pizza oder einen Mozzarella, oder Wünsche mit meinen Kleidern. Nein, ich meine Wünsche, die mein Leben bestimmen. Denn wenn ich mir ein rotes Kleid wünsche, ist das etwas anderes, als wenn ich mir wünsche, in meinem Leben einmal richtig Erfolg zu haben mit dem, was ich tue.

Ich weiß schon selbst, was ich tue

Oftmals wird mir, nur weil ich eine Behinderung oder auch eine Lernschwierigkeit habe, gesagt, was ich tun soll. Oftmals komme ich mir da so richtig bevormundet und manchmal auch so richtig blöde vor. Ich nehme keine Drogen, rauche und trinke nicht, ich meine, ich trinke in der Regel keinen Alkohol. Gut, manchmal trinke ich ein Gläschen Sekt oder auch Rotwein, warum denn auch nicht. Ich bin aber gewiss keine Alkoholikerin. Ich meine, mein Leben verläuft in ganz normalen Bahnen. Eigentlich tue ich das, was viele andere Menschen in unserem Land auch tun. Ich gehe arbeiten, habe Urlaub, aber etwas ist bei mir anders, ich bin ein wenig langsamer, also habt Geduld! Ich stehe aber genauso, trotz Behinderung oder Lernschwierigkeit, mit beiden Füßen fest im Leben, wie alle anderen auch. Es scheint mir oftmals so, als meinten andere Menschen, die keine Behinderung haben oder glauben, dass sie keine haben, dass sie uns in allem und jedem bevormunden müssen. Viele glauben auch, unser Vormund ohne gerichtlichen Bescheid sein zu müssen. Vormund ist für mich, dass man über uns bestimmt, weil wir manches nicht so gut können oder auch oft unsicher darin sind. Aber ich merke es an mir selbst, wenn jemand dauernd zu mir sagt: "Mach dies und das, was machst du denn nun schon wieder?", da werde ich unsicher, und Unsicherheit macht auch unselbstständig. So empfinde ich das!

Oftmals wurde ich mit anderen Kindern verglichen!

Ich bin so eine Art Spätzünder, wie man so schön sagt, weil ich später laufen und sprechen lernte als andere, normale Kinder. Und auch später, als ich älter wurde, konnte ich gewisse Sachen nicht, obwohl ich das Alter dafür gehabt hätte. Oftmals hieß es: "Nimm dir ein Beispiel an Else, die kann es schon viel besser als du, ist aber jünger als du." Ich nenne jetzt das Mädchen mal eben Else. Zum Beispiel, wenn ich mit neun Jahren noch nicht so gut zeichnen oder andere Dinge nicht so gut konnte, wie man sie mit neun Jahren hätte können müssen, ich konnte eben gewisse Dinge erst später. Oder wenn ich meine Arbeit oftmals langsamer als meine drei Jahre ältere Schwester machte, hieß es sehr oft: "Deine Schwester hat das in deinem Alter schon besser und schneller gekonnt." Egal was ich machte oder auch nicht, oftmals wurden mir andere Kinder als Vorbild hingestellt, das tat weh! Ich musste mir aber oft genug anhören, wenn ich zum Beispiel etwas langsamer bei den Hausaufgaben war als andere Kinder: "Die spielen schon draußen und du sitzt noch immer über deinen Hausaufgaben." Oder manchmal musste ich mir auch anhören: "Mei Derndle", das ist nämlich bayerisch und heißt so viel wie "mein Mädchen". "Mein Mädchen, du wirst dir nicht einmal das Salz in die Suppe verdienen können."

Aber meine Mutter irrte sich. Ich verdiene seit beinahe 20 Jahren mein eigenes Geld. Es ist zwar nicht sehr viel, aber ich bin stolz darauf. In meiner Jugendzeit, als ich aus der Schule kam, gab es noch keine Ausbildungsabgabe, und es wurde auch damals nicht so ausführlich diskutiert, wie es heute der Fall ist. Kurz gesagt, das Thema wurde gar nicht erwähnt, sonst hätte ich damals vielleicht auch einen Beruf erlernen können. Aber im Jahre 1980 war eben vieles anders als heute. Ist ja auch kein Wunder, denn es ist ja schon 24 Jahre her, als ich aus der Schule kam. Heute ist vieles anders, zum Vor-, aber auch zum Nachteil.

Wir Deutschen sind ein Volk der Reformen geworden!

Wo man hinschaut, überall Reformen. Arbeitsmarktreform, Gesundheitsreform, Rechtschreibreform. Reformen, Reformen und nochmals Reformen. Es scheint, als bräuchten wir für alles und jedes eine Reform! Ob es nun Sinn macht oder nicht, ganz egal: Hauptsache, es entsteht zu jeder Sache eine Reform. Besonders bei der Rechtschreibung. Ich finde es ja lächerlich, wenn sich Experten streiten, wie man gewisse Wörter schreibt, ob man nun die neue behalten soll oder ob die alte wieder eingeführt werden soll. Ich finde so was nicht nur lächerlich, sondern für mich ist das eine richtige Volksverdummung. Vor allem, wenn die so genannten Rechtschreibexperten selbst nicht wissen, ob man in Zukunft zum Beispiel gewisse Wörter mit scharfem S oder Doppel-S schreibt. Wie sollen denn dann unsere Kinder das mit der Rechtschreibung richtig lernen, wenn es Experten nicht einmal richtig wissen? Das mit der Rechtschreibreform ist nicht nur eine Volksverdummung, sondern man macht auch einige Menschen unsicher.

Wäre es nicht besser gewesen, die alte Rechtschreibung zu lassen? Ich denke mal, es ist auch eine Kostenfrage, wenn wir teilweise oder ganz zu der alten Rechtschreibung wieder zurückkehren. Außerdem frage ich mich mal: "Wissen die überhaupt, was sie wollen?" In der Schule habe ich gelernt, dass das scharfe S genauso viel gilt wie zwei S. Zum Beispiel, wenn das Wort in die Mehrzahl kommt, wie zum Beispiel: der Fluß, die Flüsse; wenn man die Wörter in die Mehrzahl verwandelt. Außerdem schreibt man die Wörter, so wie der Fluß, das Schloß, die Einzahlwörter sind, alle mit scharfem S. Hingegen schreibt man die Wörter in der Mehrzahl, so wie die Flüsse, und die Schlösser, mit Doppel-S. So habe ich es gelernt. Rechtschreibreform hin oder her. Ich hoffe, man findet bald eine Lösung, ob man gewisse Wörter so oder so schreibt, oder man soll sagen: "Gut, es gilt beides, und zwar, wenn man das eine Wort mit scharfem oder mit zwei S schreibt."

Warum soll heutzutage auf einmal alles falsch sein, was früher richtig war?

Wenn ich denke, dass man sich streitet, wie man gewisse Wörter in Zukunft schreibt, wenn man sie so gelernt hat, frage ich mich: "Ist denn alles falsch, was wir früher in der Rechtschreibung gelernt haben?"

Ich finde, man sollte so schreiben, wie man es gelernt hat. Freilich gibt es neue Rechtschreibduden und da steht die neue Rechtschreibung drin. Zur Rechtschreibreform aber haben die Menschen in unserem Land die unterschiedlichsten Meinungen. Die einen wollen die alte wieder, andere wollen die neue beibehalten. Meine Meinung ist: "Jetzt ist die neue Rechtschreibregelung schon mal hier, und dabei sollte man es belassen!"

Außerdem, hat unser Volk nicht schon genug Sorgen mit der Arbeitslosigkeit und so weiter? Welche Reform wird es demnächst denn geben? Eine Umweltreform oder sogar eine Erziehungsreform? Ich denke, kein Land hat so viele Reformen wie wir, und was bringt es uns? Letztlich gar nichts. Also sollten wir uns vernünftig einigen, dann findet sich eine Lösung. Denn wir brauchen vernünftige Lösungen für unsere Probleme und keine Reformen, weil Reformen letztendlich keine Lösungen bringen, so denke ich darüber. Aber vielleicht denken ja andere Menschen anders, ich weiß es ja nicht. Klar, über Probleme muss schon diskutiert werden, die dürfen nicht so einfach weggeschwiegen werden. Und ein jeder oder auch eine jede sollte dazu seine Meinung sagen, aber letztendlich sollte man auch zu einer Lösung kommen, wo alle zufrieden damit sind. Damit niemand sagen kann, er oder auch sie wurden nicht gefragt. Und wie schon gesagt, die Diskussion, ob die neue Rechtschreibregelung weiterhin gelten soll oder die alte wieder eingeführt werden soll, finde ich echt lächerlich und dumm.

Man sollte sich lieber einmal den Kopf zerbrechen, wie neue Arbeitsplätze in unserem Land entstehen und wie vier Millionen oder auch mehr Arbeitslose wieder vernünftig in Lohn und Brot kommen, als dass man sich darüber streitet, wie man gewisse Wörter in Zukunft schreibt. Man sollte überhaupt überlegen, wie man in Zukunft sozial schwachen Menschen sowie den Arbeitslosen und Obdachlosen hilft. Ich denke, wir sind immerhin ein christliches Land. Und Helfen ist für mich ein christlicher und menschlicher Grundwert. Grundwerte müssen von uns allen gelebt und nicht nur geredet werden.

Verdrängt der Egoismus die Grundwerte?

Oftmals wird im unserem Land über Grundwerte geredet. Grundwerte sind für mich, dass Menschen einen bezahlbaren Wohnraum finden. Aber in unseren Großstädten ist der Wohnraum oft so überteuert, dass Menschen, die nicht so viel Geld haben, auf der Straße leben müssen. Und die, die eine Wohnung haben, gehen oft an Obdachlosen vorüber und sagen: "Selbst schuld." Diese Wörter "selbst schuld" sind für mich wohl sehr egoistisch, wenn man nicht weiß, warum gerade dieser Mensch auf der Straße gelandet ist, welches Schicksal er erlebt hat, was der Auslöser für seinen sozialen Abstieg war. Oftmals frage ich mich, ob es nicht einem selbst passieren kann, obdachlos zu werden. Ich wohne zwar zu Hause bei meiner Mutter, weil die Miete zu teuer für mich ist und das ersparte Geld für eine Eigentumswohnung zu wenig wäre, anscheinend würde ich mich sogar noch sehr hoch verschulden. Aber man hört nicht nur die Wörter über Obdachlose wie zum Beispiel "selbst schuld" – viele, die eine Wohnung haben, sagen den Satz: "Na ja, die wollen das so." Oder man hört: "Die wollen es ja nicht anders." Ich würde bestimmt nicht auf der Straße wohnen wollen, denn dort würde ich mich gar nicht wohl fühlen. Außerdem könnte ich mir gar nicht vorstellen, auf der Straße zu leben. Mir tun die Menschen Leid, die auf der Straße leben, und das in einem Land wie Deutschland. Das ist doch wirklich eine Schande. Und es zeichnet sich als Armutszeugnis ab, wenn in einem Land wie Deutschland gewisse Menschen auf der Straße leben. Außerdem, wenn Menschen, die eine Wohnung haben, solche Sätze dahersagen wie zum Beispiel: "Selbst schuld", oder: "Na ja, die wollen das so", oder: "Die wollen es ja nicht anders", da muss ich mich immer wieder fragen, ob viele dann noch so reden würden, wenn sie selbst obdachlos werden. Ich hätte eine Idee: Man stellt den obdachlosen Menschen, Männern sowie auch Frauen, ein Haus zu Verfügung, dort dürfen sie umsonst wohnen, und macht ihnen dann zur Auflage, dass sie die öffentlichen Anlagen sowie Parks, Bahnhöfe in den Städten, wo sie wohnen, sauber halten. Oder man lässt sie alte, abbruchreife Häuser renovieren, in denen sie dann selbst wohnen können. Denn wenn man ein Dach über dem Kopf hat, wie man im Volksmund so schön sagt, lebt man bestimmt gesünder und vor allem auch ruhiger. Obdachlosigkeit finde ich etwas Schlimmes, ja, ich bezeichne es sogar als Makel in unserer Gesellschaft, wenn in deutschen Großstädten wie München, Hamburg, Berlin, Frankfurt am Main, Leipzig und in vielen anderen Großstädten Menschen auf der Straße leben müssen. Am schlimmsten aber finde ich die Obdachlosigkeit bei Kindern und Jugendlichen.

Straßenkinder in Deutschland – muss das sein?

Wenn man den Begriff "Straßenkinder" hört oder liest, denkt man an die Drittländer der Welt, so wie zum Beispiel Brasilien, Indien oder Afrika, um nur mal einige zu nennen. Aber nein, es gibt auch Straßenkinder hier in Deutschland. Ich frage mich oftmals, wie ein reiches Land, wie Deutschland sein wertvollstes Gut so behandeln mag, wo doch unsere Regierung so laut schreit, dass in Deutschland immer weniger Kinder geboren werden. Sicher, es gibt Leute, die den Obdachlosen und auch den obdachlosen Kindern und Jugendlichen helfen, aber das reicht eben nicht aus und ist nur ein Tropfen auf den heißen Stein. Man hört sehr oft, diese Kinder kommen aus zerrütteten Familien. Aber was ist oder heißt denn überhaupt zerrüttete Familie, müssen die immer arm, oder besser gesagt: "sozial schwach", sein?

Wer sagt denn, dass eine einkommensstarke Familie nicht zerrüttet sein kann? Oftmals ist es doch so, dass wir es bei denen bloß nicht merken, was in Wirklichkeit los ist, weil sich viele Familien als ganz normal und sogar als perfekt bezeichnen, aber oft gar nicht so perfekt sind. Wir wissen ja nicht einmal, was hinter den Kulissen, also in den eigenen vier Wänden, passiert, denn wie heißt ein altes Sprichwort: "Außen hui und innen pfui."

Das heißt, viele spielen uns heile Welt vor, aber in Wirklichkeit sieht es bei ihnen ganz anders aus. Aber sehr oft bekommen auch andere Menschen die Wirklichkeit gar nicht so mit, weil sie mit sich selbst so beschäftigt sind. Aber vieles muss auch in der so genannten intakten, perfekten Familie in den eigenen vier Wänden bleiben. Klar, man schämt sich, und was geht es auch die Leute an, und dann heißt es sehr oft noch: "Ist doch unsere Sache." Oftmals hört man auch, das ist ein Tabu, also etwas Heiliges. Da sagen oft die Eltern ihren Kindern: "Darüber sprichst du mit niemandem, denn es geht niemanden etwas an, verstehst du?"

Wo also sind denn bitte in Deutschland die so genannten zerrütten Familien und die so genannten perfekten Familien? Sicher, es gibt Familien, die harmonisch miteinander leben, aber in jeder Familie gibt es auch einmal Streit.

Eine nicht so perfekte oder auch zerrüttete Familie ist für uns doch eigentlich, wenn eine Familie von Sozialhilfe lebt, die haben oftmals vier bis sechs Kinder, sagen wir mal, die haben jetzt sechs Kinder, er und sie nehmen Drogen und sind noch schwere Alkoholiker. Schon dass sie sechs Kinder haben und von Sozialhilfe leben, da heißt es doch gleich bei vielen Menschen in unserem Land: "Nicht arbeiten können, aber so viele Kinder haben", oder: "Zum Kinderkriegen waren sie nicht zu blöd, aber zum Arbeiten sind sie zu blöd." Oder Worte wie: "Die lassen ja ihre Kinder vom Staat durchfüttern, da kann man ja einen Haufen Kinder in die Welt setzen!"

Klar, klingt ja auch negativ. Die Eltern empfangen Sozialhilfe, sind drogen- und alkoholsüchtig, außerdem haben sie noch ein halbes Dutzend Kinder, wahrscheinlich ist die Wohnung auch nicht immer sauber. Im Volksmund bezeichnet man ja solche Menschen als "asozial".

Niemand aber regt sich über den ehrenwerten Herrn Nachbarn auf, der sein Geld nebenbei noch mit Kinderpornos verdient, weil es nämlich niemand weiß. Er gibt sich nämlich nach außen sehr seriös, tagtäglich geht er seiner Arbeit nach, seine Frau gilt ebenfalls als sehr tüchtig. Er hat nur zwei Kinder, einen Jungen und ein Mädchen. Er grüßt auch die anderen Nachbarn in seiner Umgebung, wie sich das eben so gehört. Wie soll man denn da schon drauf kommen, dass der so genannte nette Nachbar sein Geld noch zusätzlich mit Kinderpornos verdient? Niemand weiß es, niemand regt sich darüber auf. Er ist ja ein so netter, hilfsbereiter Nachbar. Klar, manchem Nachbarn oder auch mancher Nachbarin fällt schon auf, dass er ein- bis zweimal in der Woche später heimkommt, dann heißt es vielleicht: "Mein Gott, ist der Mensch aber fleißig." Hingegen schimpft man aber über diese Leute mit den sechs Kindern, weil sie Sozialhilfeempfänger sind: "Solch ein Abschaum", sagen oder denken sich viele. Aber ist der ehrenwerte Herr Nachbar, der so brav in der Öffentlichkeit tut und der eine jede Menge Dreck am Stecken hat, so wie er nebenher noch sein Geld mit Kinderpornos verdient, nicht oft der größere Abschaum? Die Sozialhilfeempfänger tun doch keinem was zu Leide, nur dass sie halt Alkoholiker und drogenabhängig sind. Damit gefährden sie aber ihre eigene Gesundheit. Außerdem ist der Nachbar, der Sozialhilfeempfänger ist, vielleicht ein anständigerer Kerl als der ehrenwerte Herr Nachbar, der nicht nur mit Kinderpornos sein Geld aufbessert, sondern vielleicht auch noch im Drogengeschäft sein Geld verdient. Vielleicht sorgt er sogar durch einen Drogenkurier dafür, dass diese Leute, so wie die Nachbarn Sozialhilfeempfänger, ihre Drogen bekommen, vielleicht verdient er ja sein Geld damit, dass er vielen Sozialhilfeempfängern Drogen verkauft, aber niemand regt sich darüber nur im Geringsten auf! Denn das ist ja der gute, fleißige und hilfsbereite Herr Nachbar. Den anderen Nachbarn gehen wir doch lieber aus dem Weg, mit denen wollen wir gleich besser gar nichts zu tun haben. Denn das Ehepaar, das Sozialhilfe empfängt, passt nicht zu diesen Leuten, die ihr Geld alleine verdienen. Nein, man will den ehrenwerten Herrn Nachbarn, der aber in Wirklichkeit gar nicht so ehrenwert ist. Sozusagen ist er der größte Schurke weit und breit.

Ja, man sieht vieles anders, als es in Wirklichkeit ist. Weil man vieles anders sehen will. Aber was wäre, wenn beim ehrenwerten Herrn Nachbarn die

Wahrheit ans Licht kommen würde? Niemand darf jemals erfahren, was er in Wirklichkeit so treibt. Selbst seine Frau und Kinder haben keine Ahnung, denn er spielt ja den liebevollen Ehemann und Vater, und er ist im Grunde auch nicht besser als Herr Nachbar Sozialhilfeempfänger, im Gegenteil, sogar noch schlimmer.

Sehen Sie, vieles ist zerrüttet, wenn man auch nach außen hin heile Familie spielt. Manche Menschen machen es so geschickt, dass man gar nicht merkt, was mit ihnen wirklich los ist.
Aber es gibt auch den wirklich anständigen Nachbarn, der nicht nur Anständigkeit spielt, sondern auch wirklich anständig ist.

Aber es gibt eben die, die Herr Ehrenwert spielen und in Wirklichkeit die allergrößten Schurken sind. Natürlich gibt es den Namen Herr Ehrenwert nicht, ich nenne ihn nun mal so, oder nennen wir ihn lieber den "falschen Herrn Ehrenwert", so würde ich die Menschen bezeichnen, die eben ehrenwert tun, es aber nicht sind. Natürlich wollen wir jetzt diesen beiden Herren, dem Sozialhilfeempfänger und diesem anderen Nachbarn, einen Familiennamen geben, vielleicht können ja beide Herr Müller heißen, sie müssen ja nicht mit einander verwandt sein, kann doch auch ein Zufall sein. Oder beide können zufällig auch Herr Schmidt heißen. Diese Familiennamen treten ja häufig bei uns in Deutschland auf. Es gibt ja noch andere Familiennamen, die in Deutschland häufig genug auftreten, zum Beispiel die Familiennamen Huber und Meier. Bei der Familie Meier gibt es aber verschiedene Schreibweisen, zum Beispiel kann man Meier, Meyer, Maier und Mayer schreiben.

Nun haben wir aber genug gehört von diesen Familien. Gehen wir zurück zu den "Wohlstandsstraßenkindern". Ich nenne sie Wohlstandsstraßenkinder, weil sie erstens in Deutschland leben und eigentlich jemanden hätten, der sich um sie kümmert. Viele kommen ja auch nicht aus ärmlichen Familien, sondern auch aus etwas besser gestellten Familien. Für mich ist es traurig, wenn ich über die Medien erfahre, dass die Zukunft von denen auf der Straße endet, ja, oftmals heißt es: Keinen Schulabschluss, keinen Lehrplatz, geschweige denn einen Arbeitsplatz, alles halt, was zu einem normalen Leben dazugehört, werden viele von ihnen später nicht haben, auch sie werden dann in die Sozialhilfe abrutschen. Das Schlimmste ist, wenn sie dann noch drogenabhängig werden und sich die Mädchen dafür noch prostituieren. Ich finde, Straßenkinder muss es in Deutschland nicht geben. Ich bin überhaupt der Meinung, dass es in Deutschland keine Obdachlosen, egal welchen Alters, geben muss.

Ja, ich finde, es müsste überhaupt niemand auf unserer Welt obdachlos sein, natürlich gibt es Naturkatastrophen, da werden ja Menschen auch obdachlos! Aber ich finde, das ist was anderes, als wenn Menschen obdachlos werden, weil sie von anderen Menschen in die Obdachlosigkeit getrieben werden. Sicher, obdachlos ist obdachlos, aber ich finde, man sollte den Obdachlosen, die so ihre Wohnung verloren haben, weil sie ihre Miete nicht mehr bezahlen konnten, sowie den Obdachlosen, von denen die Häuser von Naturkatastrophen zerstört wurden, gleichermaßen helfen. Denn ich finde, jeder Mensch sollte eine Bleibe haben, also ein Dach über dem Kopf oder eine Wohnung, denn das sind für mich menschliche Grundwerte, und Grundwerte gehören zu den Menschenrechten.

Grundwerte und Menschenrechte gehören einfach zusammen!

Wohnen ist ein Grundwert und zugleich ein Menschenrecht. Für mich sind Grundwerte auch Menschenrechte. "Grundwert", was bedeutet das Wort denn überhaupt? Das bedeutet für mich, das ein Wert da ist, dass alle Menschen auf unserem Planeten Erde diese Werte besitzen dürfen und auch besitzen sollen. Ein Grundwert darf nicht das Privileg Einzelner werden, sonst wäre es kein Grundwert mehr. Und weil die Grundwerte für alle Menschen gelten sollen, sind für mich auch zugleich die Grundwerte Menschenrechte. Denn wie hat Jesus gesagt: "Was ihr den Geringsten meiner Brüder getan habt, habt ihr mir getan." Also, vielleicht ist unter den Obdachlosen auch

Gott Jesus dabei. Ich frage mich, ob die Menschen, die eine Wohnung haben und so achtlos an den Obdachlosen vorübergehen, das wissen, dass Jesus diese Worte zu seinen Jüngern gesagt hat? Heute würde es vielleicht so heißen oder müsste es so heißen: "Was ihr den Geringsten meiner Brüder und Schwestern getan habt, habt ihr mir getan." Denn es sind ja heutzutage auch viele Frauen von der Obdachlosigkeit betroffen, in der Zeit Jesu unvorstellbar, obwohl auch Frauen mit Jesus durchs Land zogen und seiner Predigt zu hörten. Und dann hat Jesus noch was gesagt: "Wer mir folgen will, soll alles aufgeben, was er besitzt." Schwer zu verstehen, alles aufgeben, was einem lieb geworden ist in all den Jahren, wofür man jahrelang gearbeitet hat. Sicher, in der Zeit Jesu folgten ihm ja die ersten Jünger, wie Petrus. Er war Fischer, ließ sein Boot und auch seine Netze zurück und was er sonst noch alles besaß, und folgte Jesus. Und aus diesem Fischer macht Jesus den Menschenfischer. Ja, Petrus war nur ein Mensch, der genau solche Fehler hatte wie alle anderen auch. Denn wir wissen, dass er Jesus in der Nacht, wo er zu Tode verurteilt wurde, dreimal verleugnet hat, aber wie meinte Jesus das, wo er sagte: "Wer mir folgen will, soll alles hergeben, was er besitzt." Vielleicht will Jesus auch nur, dass wir teilen, von dem, was wir eigentlich zu viel haben. Vielleicht wäre es gerechter überhaupt, wenn einer, der zwei Wohnungen besitzt, in der einen selbst wohnt, und in der anderen lässt er einen Obdachlosen wohnen. Wenn er zu dem Obdachlosen sagen würde: "Komm, ich habe eine Wohnung, die leer steht, zieh doch da bitte ein."

Wäre das denn nicht schön? Und es wäre vor allem das, was Jesus fordert: "Was ihr den Geringsten meiner Brüder, und ich sage jetzt auch noch Schwestern dazu, getan habt, habt ihr mir getan. Ich war ohne Obdach, und ihr habt mir Obdach, also eine Wohnung gegeben." Vielleicht würde Jesus heute andere Wörter gebrauchen, wenn er heute unter uns wäre und predigen würde. Vielleicht würde er sagen Brüder und Schwestern, oder er würde statt Obdach Wohnung sagen. Denn Jesus wurde ja auch nicht in einer Wohnung geboren, er wurde in einem Stall geboren. Seine Eltern Maria und Josef waren ja ebenfalls auf der Flucht und obdachlos, weil man auf der Flucht immer obdachlos ist. In Kriegen werden die Menschen ebenfalls obdachlos. Ich finde, wer obdachlos ist, hat auch das Kostbarste überhaupt verloren, man hat im Grunde ja seine Heimat verloren. Ich meine die Obdachlosigkeit, die durch den Krieg zustande kam.

In den Kriegen werden aber die Menschen nicht nur obdach-, sondern auch oft heimatlos, dann sind sie Flüchtlinge wie Maria und Josef, die ja auch vor dem bösen König Herodes geflohen sind, weil er ja das Jesuskind töten wollte. Sehen Sie, es gibt so viele Gründe, warum Menschen obdachlos werden, aber haben die, die nicht obdachlos geworden sind, das Recht, diejenigen zu verurteilen, die das Schicksal der Obdachlosigkeit traf? Nein, ganz bestimmt nicht! Man soll helfen, so gut es eben geht, denn jeder Mensch wäre froh, wenn man ihm bei einer solchen Gelegenheit helfen würde, denn man wird nicht immer auf der Sonnenseite des Lebens stehen können, man wird sehr schnell einmal auch auf der Verliererseite stehen. Das wird schneller sein, als wir uns das je vorstellen können. Auf der Sonnenseite stehen, damit meine ich, Erfolge zu haben. Und wer erfolgreich ist, hat Freunde, die aber auch abspringen, wenn man nichts mehr hat. Doch wahre Freunde verlassen einen auch in der Not nicht. Aber gibt es denn die wahren Freunde? Ich denke, wahre Freunde sind sehr oft rar, deshalb sind sie auch eine Kostbarkeit. Nein, es sollte wahre Freunde schon geben, die auch da sind, wenn jemand wirklich in Not gerät.

Wir alle wollen auf der Sonnenseite stehen!

Wer gibt schon gerne zu, dass er ein Verlierer ist? Denn man fürchtet, ausgelacht zu werden. Man fürchtet, dass man sein Ansehen verliert. Wir träumen doch alle vom großen Erfolg. Denn es ist bestimmt nicht schön zu hören: "Was, das hast du nicht geschafft?", oder es wird einem ja auch gesagt: "Pfui, schäm dich." Aber wenn wir erfolgreich sind, dann heißt es gleich: "Ja, super", oder: "Prima", oder: "Das hast du sehr toll gemacht", oder: "Das hast du sehr gut hinbekommen." Wer also erfolgreich ist, hat Freunde. Ich bin eher der Meinung, der hat "Bewunderer" und keine Freunde, die sich bald von ihm abwenden, wenn er oder auch sie auf der Verliererseite stehen. Wahre Freunde halten auch dann noch zu einem, und sie sagen dann nicht solche Sätze wie zum Beispiel: "Pfui, schäm dich", nein, sie trösten einen und sagen: "Ach komm, es wird schon wieder." Sie lassen einen mitkommen, sie richten einen wieder auf, das sind wahrhafte, wahre Freunde. Im Leben stehen wir manchmal auf der Sonnenseite und merken es vielleicht nicht! Natürlich, da können wir ja nicht immer stehen bleiben, denn andere wollen doch auch mal da hin. Mal sind wir eben erfolgreich und mal eben wieder nicht. Verlieren ist eine Schwäche der Menschen. Eine Schwäche, die wir nicht wahrhaben wollen, auch ich nicht, warum sollte ich mich davon wohl ausschließen? Auch ich träume vom großen Erfolg. Aber was ist denn eigentlich ein großer Erfolg für uns Menschen? Für uns ist doch ein großer Erfolg, wenn uns Millionen von Menschen kennen und uns das große Geld nur so zufließt, wenn wir also sozusagen überall berühmt sind. Aber wenn jemand jahrelang in Koma gelegen hat und dann plötzlich wieder erwacht, ist das nicht auch schon ein großer Erfolg?

Nein, Erfolg hat oft nichts damit zu tun, dass man berühmt und auch reich ist. Es sind oft die kleinen Dinge, die wir oftmals nicht sehen, weil wir uns zu sehr nach den großen Dingen sehnen. Aber ist der Erfolg nicht etwas sehr Schönes? Wenn es immerzu heißt: "Das schaffst du ja niemals", oder: "Hör doch endlich auf damit!" Nein, wir wollen alle auf der Sonnenseite im Leben stehen, selbst die "Nein" sagen. Wir müssen halt bloß fairerweise den anderen Platz machen, damit jeder auf die Sonnenseite kommt.

Warum hält man uns Menschen mit Behinderung für so dumm?

Man sagt, wir Menschen mit Behinderung wären anders. Sind wir aber wirklich so anders? Was bitte soll denn bei uns wohl so anders sein, wenn wir eben die gleichen Dinge wollen wie die nicht behinderten Menschen auch? Ja, wir sind vielleicht anders, aber auch wir haben doch wohl das Recht, unsere Wünsche und Träume zu verwirklichen! Nun, niemand hat das Recht, das, was wir tun, zu zerstören. Klar, es ist praktisch, wenn man viele jener Menschen mit Behinderung in die Werkstatt für Menschen mit Behinderung steckt. Bleibt ja auch ein Arbeitsplatz in der freien

Wirtschaft für Menschen ohne Behinderung. Erfolge werden uns öfters abgesprochen, selbst wenn wir dafür hart gearbeitet haben, da heißt es sehr oft nur: "Für was braucht ihr denn Erfolg? Ihr seid doch eben nun mal behindert!"

"Behindert?" Na und, und wenn schon! Nein, oft müssen wir um etwas stärker kämpfen als andere Menschen. Uns doppelt so viel anstrengen. Weil man uns ja nichts zutraut. Es mag schon sein, dass wir sehr viele Fehler machen, aber wer macht die nicht? Oft wird uns auch unterstellt, dass wir das Einfachste oder auch Alltägliche in unserem Leben nicht können. Aber ich versuche doch, meinen alltäglichen Aufgaben und Pflichten im Leben gerecht zu werden. Und warum sollten Menschen mit Behinderung keinen Erfolg haben dürfen? Für mich ist das sehr oft so, als wollte man uns für dumm verkaufen, dumm ansehen, man ist sehr oft misstrauisch uns gegenüber. So sieht es nämlich aus. Nur ja nicht diesen Menschen zum Erfolg kommen lassen, denn es darf nicht sein, was nicht sein kann. Ich glaube, man fürchtet sich, wenn wirklich Menschen mit einer leichten geistigen Behinderung oder auch Lernschwierigkeit zum Erfolg kämen, dass man eben Macht über uns verliert, und nur davor hat man Angst! Erfolg zu haben ist auch eine Art Befreiung für mich, gegenüber den Vorurteilen meiner Mutter. Denn sie sind wirklich nicht berechtigt von ihr. Denn sie hat mir gegenüber sehr viele Vorurteile. Ich will ja meine Mutter nur mit dem, was ich gerne tue, nämlich schreiben, überzeugen, aber sie soll mir endlich etwas mehr zutrauen und mich nicht immer kontrollieren wie ein kleines Kind, denn ich bin es nicht. Und sie soll endlich aufhören, über mich zu bestimmen. Weil es mein Leben ist. Sie sagt, ich würde mich blamieren, wenn ich mein Geschriebenes fortschicke. Da möchte ich nur sagen: "Na und? Ich bin es doch, die sich da blamiert, und nicht du!"

Eigentlich tue ich ihr doch nichts. Warum lässt sie mich nicht in Ruhe, in Frieden? Muss sie denn immer an mir herummeckern?

Nein, eigentlich bin ich doch genauso wie andere Menschen, lasst mich doch bitte meine Träume erfüllen!

Kleines Gedicht zum Thema "Behinderung":

Jeden kann es treffen!

Man soll nicht über andere lachen.
Nicht über jemanden, der nicht laufen, sehen oder hören kann, sich lustig machen.

Man soll froh sein, dass man ist gesund.
Denn es kann jeden treffen zu jeder Sekunde, Minute und zu jeder Stund.

Wenn man dann selbst betroffen und man es mit dir so macht,
denkst du dir, hätt ich bloß über andere nicht so gelacht.

So, das denke ich alles über das Anderssein. Ich wünsche nur, dass andere Menschen mich verstehen und dass ich sie auch verstehe! Es wäre schön, wenn ihr Menschen mit einer Nichtbehinderung uns Menschen mit einer Behinderung oder auch Lernschwierigkeit verstehen würdet, wenn wir auch anders sind, aber letztendlich sind wir doch alle anders, oder etwa nicht? Denn es ist so: "Wir sind alle anders, aber jeder ist normal auf seine Art und Weise!"
Aber was heißt denn hier eigentlich anders? Im Grunde sind wir eigentlich so wie ihr, nur merkt ihr es oft nicht, weil uns viele nicht anders sein lassen, wie wir sein wollen. Aber glaubt mir, auch wir sind "normal", nur auf unsere Art und Weise! Wie wohl alle anderen Menschen eben auch.

Nachwort

Ich hoffe, mit diesem Buch etwas verändert zu haben. Ich weiß, ich kann nicht die ganze Welt ändern. Aber vielleicht hat sich ja bei mir etwas verändert. Etwas hat sich bei mir sehr wohl verändert. Als ich anfing, das Buch zu schreiben, hatten wir das Jahr 2003, und da war es am 1. Oktober 19 Jahre her gewesen, dass ich im Evangelischen Studienheim Augustinum, jetzt Schulzentrum Augustinum, zu arbeiten anfing. Inzwischen haben wir das Jahr 2004, und ab dem 1. Oktober werden es dann 20 Jahre, dass ich dort arbeite. Aber meine Arbeit hat sich nicht verändert. Und auch in der Gesellschaft "Erwachsenenbildung und Behinderung" bin ich nicht mehr zehn, sondern elf Jahre dabei.

Inhaltsangabe Exposé

Zu dem Buch:
In diesem Buch geht es um mein Leben, aber nicht um mein Leben allein. Es geht um das Anderssein, auch um das Ganz-anders-Sein.

Auch mein Leben ist anders beschrieben. Wer schon einmal eine Biografie von jemandem gelesen hat, zum Beispiel "Herbstmilch" von Anna Wimschneider, oder auch von einer anderen Autorin oder einem anderen Autor, der wird feststellen, dass meine Biografie anders ist, nicht nur, weil ich ein anderer Mensch bin, nein, zu meinem Leben gehört auch noch, was ich gerne tue und welche Träume und Wünsche ich habe.

Dieses Buch berichtet auch viel vom Anderssein, von anderen Kulturen und Religionen, anderen Menschenrassen, anderen Mentalitäten und Völkern. Und dass wir uns trotz Unterschieden doch in vielen Dingen gleichen. Wir feiern gerne Feste, wie sie bei uns Brauch sind. Trauern um unsere Toten und bestatten sie auch. Ja, trotz unserer Unterschiede gibt es Gleichheiten, und wir stellen fest, da sieht es zwar anders aus und die Menschen sind zwar dort anders gekleidet, aber dort wie bei uns gibt es ebenfalls gute und schlechte Menschen. Überall gibt es Gewalt und auch Liebe und Hoffnung. Wir merken, im Grunde ist vieles anderswo gleich, auch wenn alle Menschen anders sind.

Aber wie gehen wir denn mit dem Anderssein um? Akzeptieren wir es, tolerieren wir es? Ist es nicht so, dass es oftmals heißt, wenn Sie einen Kameraden nicht mögen, weil Sie vielleicht merken, der ist ja nicht so wie wir, vielleicht nicht so sportlich, ja sogar homosexuell: "Ach, der gehört nicht zu uns." Wir Menschen tun uns mit den ganz Anderen oftmals schwer, obwohl wir wissen, dass alle Menschen anders sind.

Gedicht übers Anders sein!

„Bei uns da wird es anders sein!"

"Bei uns da wird es anders sein!"
So hört man Politiker von verschiedenen Parteien.

Steuersenkungen und so allerhand,
Das versprechen sie den Leuten im Land.

Doch nach den Wahlen, welch ein Graus,
Da sieht die Wirklichkeit gleich anders aus.

Schuldenberge wohin man schaut,
Weil die andere Partei ebenfalls auf dem Putz haut.

Was sich ändert sind nur die Namen der Parteien.
Egal wer an die Macht kommt, anders wird es niemals nicht sein.